日本エッセイ小史

人はなぜエッセイを書くのか

酒井順子

KODANSHA

目次

エッセイとは何か

時代とエッセイ

女性とエッセイ

エッセイの未来

装画　花松あゆみ
装幀　岡本歌織
(next door design)

日本エッセイ小史

人はなぜエッセイを書くのか

エッセイとは何か

エッセイという謎

「男もすなる日記《にき》といふものを、女もしてみむとて、するなり」
と始まる、『土佐日記』。作者の紀貫之《きのつらゆき》は、「女性のふりをして、女性の文字であるかなで書く」という斬新な試みを、ここで行っています。当時の男性は、政治的な出来事や行事についてなど、実務的な日記を漢文で書いていました。しかし貫之は、それだけでなく自らの心情をも、綴ってみたかったのではないか。それには女文字の方が適しているからこそ、女のふりをして書いたのではないかと私は思います。

「エッセイ」という言葉は、もともとフランス語で「試み」の意なのだそう。してみると『土佐日記』もまた、エッセイの類と言えるのかもしれません。当時、随筆という言葉はまだ無く、日記と随筆の間にある垣根は、後世の人が作ったものなのです。

貫之の「試み」に続くように、日本では様々な人が心に浮かぶあれこれを自由に書いたわけですが、日本最初の随筆とされている『枕草子』の作者である清少納言も、その一人です。

和歌の家に生まれた清少納言は、もちろん人並み以上の和歌を詠むこともできたけれど、和歌が大好きだったわけではありません。ある時は、女房としてお仕えしていた中宮定子さまに、

「もう、歌は詠みたくありません」

と、和歌を詠むことを免除してもらいたいと願い出たこともあったのです。

和歌の家の娘として生まれたが故のプレッシャーもあったようですが、三十一文字という文字数をはじめ、様々な約束事の中で詠む和歌よりも、自由に書くことができる散文が、彼女の性格には合っていたのではないか。

このように千年前から日本人は、心に浮かぶ事物を、形式にとらわれず思うがままに綴るという手法を知っていました。その手法が老若や男女を問わず許されていたということは、日本人にとって大きな恵みであったと言えましょう。

千年余り続いているその流れの端っこの方に、私はひっかかっています。私は『枕草子』の愛読者ですが、自身が書いたものが千年間、読み継がれていることを知ったら、清少納言は驚くのではないか。のみならず、平安時代と同じ血筋とされる天皇が千年後もおわしまし、和歌を詠む人達も存在し続け、心に浮かぶあれこれを自由に書き綴るという様式に「随

筆」や「エッセイ」という名前がつけられて、それを書くことを職業としている人がいるという未来を、随筆草創期の人々は想像だにしなかったに違いない。

随筆とエッセイは同じもののような気もしますが、しかし現在、両者のイメージはかなり違うものとなっています。『枕草子』『徒然草』『方丈記』は日本の三大随筆であって、三大エッセイではない。また、たとえば明治生まれの物理学者で随筆の名手であった寺田寅彦が書いたものは、エッセイでなく随筆。そのプロフィールも「物理学者、随筆家、俳人」であり、「物理学者、エッセイスト、俳人」ではないのです。

今、「随筆家」を名乗る人は、絶滅寸前です。随筆であれエッセイであれ、専業の書き手は非常に少なく、たいていの人が他の仕事との兼業なのですが、今の物理学者がエッセイを得意としていても、「物理学者、随筆家」とは名乗らず「物理学者、エッセイスト」となるのではないか。

ざっくりとした区別をつけると、昔の人や偉い人が書いた高尚な作品が「随筆」であり、現代の作品や軽い作品は「エッセイ」と言われる傾向がある、ということになりましょう。昔と今との間のどこかで、というよりも昭和のどこかで、随筆はエッセイと言われるようになったのです。

「エッセイ」という言葉が台頭する以前、エッセイ的なものを表す言葉は「随筆」だけではありませんでした。随想、小品、雑文、手記、漫筆……等、様々な言い方があった中で「随筆」が生き残り、やがて「随筆」を凌駕するように「エッセイ」がのしてきたのです。

随筆がいつ、エッセイになったか。その問題はおいおい探っていくとして、少し自分の話をすると、エッセイで口に糊している私は、誰に許可されたわけでもなく「エッセイスト」を自称しています。エッセイの語源が「試みる」だとは全く知らない頃、何となく書いたものがエッセイ的だったので、何となくエッセイストを名乗ったのであり、「随筆家」を名乗ろうという頭はハナからなかった。

それは、昭和も末のこと。その頃には既にエッセイという言葉は、随筆を圧倒していたことになりましょう。

以来三十年余、私はエッセイを書いているのですが、書けば書くほど感じられるのは、エッセイというジャンルの不思議さです。文芸と言われる世界の中には、小説や詩、評論にノンフィクション……と様々なジャンルが存在しますが、そんな中でもエッセイというジャンルは、際立って輪郭がはっきりとしていないのです。

小説のようなエッセイ、詩のようなエッセイ、評論のようなエッセイ、ノンフィクションのようなエッセイがそれぞれ成立しているところを見ると、どのジャンルとも混じりやすいという溶媒的な性格をエッセイは持っているようです。

カバーする範囲が広いジャンルでありながら、前述のようにエッセイだけを書いている人が少ないことも、大きな特徴です。小説家や詩人といった、文芸の中の異なる畑の人がエッセイを手がけるのはもちろんのこと、学者や芸能人など、別の世界で何かに秀でた人が書いたエッセイも多い。

「女優、エッセイスト」とか「フランス文学者、エッセイスト」など、様々な肩書きに添えられているのが「エッセイスト」という肩書きです。それは洋食の皿のパセリ、弁当の中のプチトマトのような、プロフィールの中の彩り的な役割を果たしているのでした。専業エッセイストとしては、あまりにも様々な肩書きにホイホイとひっついているこの言葉に対して、たまに「節操というものはないのか」と言いたくなることもある。

このように極めて茫漠とし、つかみどころがないのがエッセイというジャンル、そしてエッセイストという職業なのです。が、しかしそのつかみどころのなさと節操のなさが、エッセイというものが千年余も書き続けられ、読まれ続けてきた理由でもあります。

すなわちエッセイは、上手い下手の違いはあれど、「誰でも書くことができる」ものなのです。小学校一年生でも、学校で日記や作文を書かされますが、あれもまたエッセイ。韻を踏んだり物語を練ったりする必要のないエッセイを書くのに、特殊技術は必要ありません。心に浮かんだことをそのまま書くという、文章の最もシンプルな形態が、エッセイなのではないか。

誰にでも書くことができるエッセイは、語弊を恐れずに言うならば、文芸世界における雑草のような存在です。常に何かを思っているのが人間であり、それを文章化すれば、エッセイと化す。刈っても刈っても生えてくるものであるからこそ、エッセイはたくましく生き続けてきました。

だとするならば、「どのようなエッセイが書かれたか」を見ることは、時代そのものを見ることにもなりましょう。「心に浮かんだことを書いておきたい」という欲求を、それぞれの時代の人がなぜ抱いたのかを探ることによって、時代そのものの欲求も見えてくるのではないか。……という期待を寄せつつ、これから「エッセイにまつわるエッセイ」を書いてみたいと思っています。

エッセイらしきものを何となく書きながら生きてきた私が、エッセイの不思議さに自覚的になったのは、講談社エッセイ賞の選考委員を務めた時でした。世には数々の文学賞がある中、エッセイを褒めるために存在する賞は非常に少なく、一九五三年にスタートした日本エッセイスト・クラブ賞、一九六七年に読売文学賞に創設された随筆・紀行賞、そして一九八五年に始まった講談社エッセイ賞が主だったものでした。「でした」と書くのは、講談社エッセイ賞が二〇一八年をもって終了したから。

戦後まもなく発足した日本エッセイスト・クラブは、その設立趣意書によると、「各界の文化人が、各々団結して、対内的にも国際的にも活発な動きを見せている今日、わが国においては独り評論家が団結されていないのは種々な意味で、誠に遺憾」であるということから、「講和会議も締結され、独立第一歩を踏み出した現今、国民の正しい世論を喚起することが、何よりも大切」という意図のもとに発足した団体。日本エッセイスト・クラブの名の下に集ったのは、今のような意味でのエッセイストではなく、評論家的な色合いの濃いエッセイスト達であったようです。日本エッセイスト・クラブ賞においても、世論を導くような社会的なエッセイが顕彰されてきた様子。

戦後ほどない頃の「エッセイ」は、現在の「エッセイ」とはまた少し意味が違っていたことが、日本エッセイスト・クラブの設立趣旨からは感じられます。また読売文学賞の随筆・紀行賞は、大新聞社の権威ある賞ということで、「純文学」的な「純随筆」が選ばれている感じ。

そうしてみると、現代的意味合いにおける「エッセイ」を顕彰する賞としては、後発の講談社エッセイ賞のみということになりましょう。前述の通り、同賞は一九八五年に始まっています。講談社においては、数々の小説の賞はもちろんのこと、既にノンフィクション賞も設けられていましたが、そんな中でエッセイ賞が新設された背景には、時代の動きが関係していたように私は思います。

同賞の要項には、

「この賞は、時代の感覚に即応し、新しい文章のスタイルを確立した優れたエッセイの作品を対象として、一九八五年に創設されました。いわゆる旧来の随筆的なものにとどまることなく、広い範囲から、しっかりした文体を持ち、読んで面白く、また深い感銘を与える個性的なエッセイを顕彰いたします」

とあります。「旧来の随筆的なもの」とは、ざっくり言えば、真面目で高尚な「純随筆」を指すのでしょう。この賞では真面目な随筆ばかりでなく、時代の空気をたっぷり含んだ、斬新かつ多くの人を楽しませることができるエンターテイメント系エッセイを顕彰したかったのではないか。

一九八〇年頃は、エッセイの世界において様々な動きがあった時代でした。一九七九年に刊行された、椎名誠の作家デビュー作『さらば国分寺書店のオババ』は、「昭和軽薄体」といわれる口語体に近い文体を使用した「スーパーエッセイ」として人気となりました。一九八二年には、女性の本音、本性を隠すところなく綴った林真理子のデビュー作『ルンルンを買っておうちに帰ろう』が、ベストセラーに。エッセイの世界では、若者達が新しい波を起こしていたのです。

若者だけではありません。『ルンルン』が刊行された前年の一九八一年には、黒柳徹子の自伝的エッセイ『窓ぎわのトットちゃん』が刊行され、日本の出版界に金字塔を打ち立てるほどの大ベストセラーに。『ルンルン』と同年には、NHKアナウンサーの鈴木健二による『気くばりのすすめ』、俳優の穂積隆信が家庭事情を書いた『積木くずし』が、それぞれ大ベストセラーとなっています。

『トットちゃん』と『ルンルン』と『気くばり』はそれぞれ違うジャンルなのでは、という考えもありましょうが、フィクションではなく、自分のあり方や自分の考えをそのまま書いた本という意味で、それらはやはり「エッセイ」。その頃は、作者自身のあり方を提示する本の数々が、時に小説以上の爆発力を持つことが周知された時代だったのです。

講談社エッセイ賞は、そのような時代であったからこそ発足したのではないかと、私は見ています。モンテーニュの『エセー』の時代からは遠く離れて、エッセイという言葉に独特の軽みが感じられるようになっていた一九八〇年代の日本は、軽さが文化となっていった時代でした。「旧来の随筆」とは異なる軽さを帯びたエッセイを顕彰して、その分野をさらに耕そう、という意図がそこには見えます。

それから、三十三年。昭和が終わって平成となり、三十年続いた平成時代の最後の年に、同賞は終了しました。なぜ終了するのかといったら、もちろん背景には〝大人の事情〟があるのでしょう。それは私のあずかり知らぬところなので措いておくとして、

「エッセイは、わざわざ褒めたりしなくても死なない」

という意識もそこにあったのではないか、と私は思っています。

手をかけてきちんと褒めて育てるべきジャンルもある。がしかし、何せエッセイは雑草なので、水や肥料をやらなくても勝手に繁茂していきます。一九八〇年代と比べて、エッセイ

というジャンルが衰えたわけでも、期待されなくなったわけでもないのだろうけれど、三十三年間エッセイを顕彰してきた結果として、「放っておいても大丈夫」と〝大人〟達は思ったのではないか。

本稿で私は、同賞のあり方を入り口として、エッセイとは何か、そして日本のエッセイの来し方行く末を考えてみたいと思っているのですが、エッセイの特性は既に第一回受賞者の「受賞のことば」にも、はっきりと滲み出ています。

第一回の受賞作は、野坂昭如『我が闘争　こけつまろびつ闇を撃つ』と、沢木耕太郎『バーボン・ストリート』の二冊。直木賞作家の野坂氏と、大宅賞などを受賞しているノンフィクション作家の沢木氏ということで、二人とも軸足がエッセイにあるわけではありません。

野坂氏の週刊誌連載エッセイと、沢木氏による短編小説のような、そして映画の一場面のような都会的で洒落たエッセイ。それらは、既存の賞であったら決して選ばれない作品であったことでしょう。同賞の意志のようなものが、ここに感じられます。

「受賞のことば」で野坂氏は、今まで様々な雑誌において「あるいはコラムと称し、囲み埋草カラー頁といわれる欄を担当」してきた過去を振り返りつつ、「週刊朝日」で長年続く連載である『我が闘争』が賞に選ばれたことに対して、「本当にありがたく、光栄に存じます」と書いています。

一方で沢木氏は、「『儲かった！』というのが、受賞のしらせを聞いての第一声だった」とのこと。ノンフィクションを書く中で、作品にはならないが心に溜まっていくことを記したのが『バーボン・ストリート』。その作品が思いがけず賞を得たということで「儲かった！」なのです。

『バーボン・ストリート』は著者にとって、精肉売り場で言うところの「切り落とし」のような作品だったようです。それが受賞となれば確かに「儲かった！」となりましょう。エッセイが「賞」によって褒められるなんて、という驚きがそこには見られます。

選考委員の顔ぶれからも、エッセイ賞の独自性が感じられます。第一回の選考委員を務めたのは、井上ひさし、大岡信、丸谷才一、山口瞳の四氏。いずれもエッセイの名手ではありますが、エッセイが本職ではありません。井上、丸谷、山口の三氏は小説が、大岡氏は詩が本業。小説を対象とした文学賞で、小説を本業としない選考委員が全てを占めるということは考えづらいものですが、エッセイ賞だからこそ、このような現象となったのです。

選ぶ側にも、選ばれる側にも、専業のエッセイ書きが存在しないという事実は、エッセイというジャンルの妙を示しています。やがて選考委員から山口氏が抜けて野坂昭如氏が入り、丸谷氏が抜けて漫画家の東海林さだお氏と小説家の林真理子氏が入り、そして野坂氏が抜けて坪内祐三氏が入ったのですが、賞創設から二十年目に選考委員となった坪内氏が、肩書きは「評論家」ではあったもののエッセイ的な分野を軸足とする初めての選考委員だったのです。

その年にエッセイ賞を頂戴した私は、やがて賞創設二十六年目、井上氏と入れ替わりで（というところに、エッセイのさらなる軽量化を感じる）選考委員となったのですが、そこで驚いたのは、選考会において毎年のように、

「この作品は、果たしてエッセイなのか」

という議論が交わされたことでした。

「これはエッセイと言うよりノンフィクションではないのか」

「私小説に近いのでは？」

といった意見を聞いていると、「これがエッセイだ」と思う範囲と、あらまほしいエッセイ像は、人によってばらばらであることがよくわかりました。後に翻訳家の岸本佐知子氏が選考委員として加わり、漫画家と小説家と評論家と翻訳家とエッセイストが「エッセイとは何か」について語り合う時間は実に刺激的であったのですが、その答えが出ないままに講談社エッセイ賞は役目を終えたのです。

「エッセイとは何か」とは、言うならばこの千年間、答えが見つかっていない問題なのでした。本書では日本におけるエッセイの流れをたどりつつ、その謎について考えてみたいと思っています。

「随筆」から「エッセイ」へ

「いわゆる旧来の随筆的なものにとどまることなく」、「新しい文章のスタイルを確立した優れたエッセイ」を顕彰する賞であった、講談社エッセイ賞（以下、エッセイ賞）。賞の名前にも表れているように、「随筆」ではなく「エッセイ」を顕彰する、という意思がそこに見受けられるのですが、では随筆とエッセイの違いとは、何なのでしょうか。

エッセイ賞の「主旨」においても、「旧来の随筆」とは何かということに関しては、「いわゆる」とか「的なもの」といった言葉で、するりとかわしています。「皆まで言わずとも、わかりますよね？」という空気を漂わせているのです。

賞スタート時の選考委員であった井上ひさし、大岡信、丸谷才一、山口瞳の四氏の間でも、明確な答えは存在しなかったようです。第八回、一九九二年のエッセイ賞選評において大岡氏は、

『随筆』と『エッセイ』とどう違うのかという話題は、本賞の選考場裡でも、また他の場所でもときどき私たちの口の端にのぼる。格好のいい結論はなかなか出ない」

と書いています。同年の選評で井上氏は、

「気軽に読めて、それでいてはっとさせられる見方や蘊蓄に富んだものがエッセイである」

という定義を示し、また山口氏は、

「人をいい気持にさせる、これがエッセイの神髄」

としていました。とはいえ、ではこれらのエッセイ的性格を持たないものが随筆なのかというと、そういうわけでもない。

エッセイと随筆の違いについて、碩学四氏が語り合っても結論が出ないということは、両者の間にはっきりとした違いは無いということなのでしょう。もしくは、そこに存在するのは言葉できちんと説明しない方がいいような違いなのではないか。

日本において、「随筆」を「エッセイ」に変えたと言われているのは、伊丹十三氏です。俳優や映画監督としても知られる伊丹氏は優れたエッセイストでもありましたが、そのデビュー作『ヨーロッパ退屈日記』の新潮文庫版の帯には、

「この人が『随筆』を『エッセイ』に変えた」

とあるのです。裏表紙の内容説明には、同書について「戦後日本に初めて登場した本格的な『エッセイ』だった」とも記されています。

新潮文庫版は、一九九七年の伊丹の死後、二〇〇五年に復刊されたバージョンですので、「随筆をエッセイに変えた」というのは当時、この文庫版を編集した人の感覚ということになりましょう。が、確かに昭和の、それも戦後のどこかで随筆がエッセイに駆逐されていったことを考えると、日本初の「エッセイ」＝『ヨーロッパ退屈日記』説を無視することはできません。

同書は一九六五年、伊丹一三（芸名を伊丹十三に変えたのはこの二年後のこと）が三十一歳の時に刊行された作品です。映画監督である伊丹万作の長男として生まれ、二十六歳の時に俳優としてデビュー。翌年、『理由なき反抗』等の作品で知られるニコラス・レイ監督の『北京の55日』の撮影のためヨーロッパに滞在しており、『ヨーロッパ退屈日記』は、この時のことを描いた作品です。

伊丹は、京都での小学生時代、軍部の命によって、優秀な子供のみを集めた英才教育を受けていました。そこでは敵性語である英語も学んだのであり、語学の才のある伊丹は、海外生活を経験せずに、また大学教育を受けずに、英語をマスターしていきます。ハリウッド映画に出演したのも、語学力があってのことでしょう。

伊丹は、ヨーロッパ滞在を楽しみました。象牙色の「ジャギュア」（日本で言うところの「ジャガー」）を購入してヨーロッパ各地を走り回ったり、俳優仲間やスタッフに手作りのトンカツを振る舞ったりと、活発に暮らす様子が本には記されます。

彼は衣食住の全てに高い見識を持っており、当時の日本人には馴染みのないアーティショー（同「アーティチョーク」）の食べ方や、スパゲティをアルデンテに茹でる方法、エルメスやシャルル・ジュールダン（同「シャルル・ジョルダン」）の素晴らしさを、読者に伝えるのです。当時の日本のダサさが我慢ならなかったに違いない、と思わせる伊丹のセンスは、自装のカバーにもたっぷりと表現されているのでした。

『ヨーロッパ退屈日記』が世に出た時の衝撃を、私は想像することしかできません。しかしある年代のある種の男性達にとって、この本の登場はエポックメイキングな出来事であったようで、新潮文庫版の解説を書いた関川夏央は、

「『ヨーロッパ退屈日記』は、一九六五年の高校生にとって一大衝撃だった」

と、その原稿を始めています。

『伊丹十三の本』（新潮社）では、南伸坊が、

「シャレてて、スマートな感じっていうか、情報も新しかったわけだし、その書かれかたも、書いてる人本人も、全部、まァカッコイイっていうもんでしたね」

と語っている。また同書では和田誠が、「ジャギュア」のくだりなどが得意気で「やや鼻につく」けれど、

「初めて読んだ時はそういう個所にカッコよさを感じて、憧れたりもしたのだった」

と書いています。

『ヨーロッパ退屈日記』刊行時、関川氏十五歳、南氏十七歳、和田氏二十八歳。皆、若者でした。伊丹十三と年頃が近い和田氏だけは、多少鼻につく感じを覚えているものの、皆が「カッコよさ」を感じているのです。

ちなみにこの「カッコいい」は、この頃の若者の間で爆発的に流行した言葉です。戦争の痛手も癒え、経済的にも豊かになっていく中で、若者達は「カッコいい」事物を求めていました。衣食が十分に足りた後に、空腹やら寒暑やら雨露やらには関係の無い価値観が登場したのです。

一九六四年には「平凡パンチ」が創刊され、スピード・スリル・セックスといった、若者を夢中にさせる情報を提供していました。が、伊丹十三がエッセイで書いた自らの生活は、「平凡パンチ」とはレベルの違うカッコよさ。

伊丹十三の作品が「随筆」ではなく「エッセイ」だとされたのは、その「カッコよさ」と、国際的な感覚によるものではないか、という気がするのです。

「ジャギュアとかアルデンテについて書かれている本に、『随筆』などという古くて硬い言葉は似合わない。やっぱり外国の言葉で表現したい！」

と、当時の若者達は「エッセイ」というカタカナ語をもって、伊丹作品を表現せずにはいられなかったのではないか。

そのような伊丹現象を、エッセイ賞選考委員四氏は、どう見ていたのでしょう。井上、大岡両氏は、伊丹十三とほぼ同世代です。が、お二人ともジャギュアやエルメスに関心はなさそう。丸谷、山口の両氏は伊丹氏より一世代上なので、その手の事象に興味は無かったのか。

……と考えもしますが、しかしエッセイストとして伊丹十三を世に出したのは、山口瞳氏でした。編集者だった山口氏が仕事を発注していたデザイナーが、二十一歳の伊丹十三。その後、伊丹がヨーロッパ滞在のことを書いた原稿を、寿屋（現・サントリー）「洋酒天国」編集部にいた山口氏が、同誌に掲載したのです。

山口氏は、『ヨーロッパ退屈日記』が日本のエッセイの嚆矢《こうし》的存在であったことを、よく知っていたことでしょう。しかし大岡氏によれば、エッセイと随筆の違いについて選考場裡で話題が出ても、はっきりとした答えは出なかったことが記されている。

そして私は、勘繰るのでした。四氏は、

「何となくカッコいいものが『エッセイ』で、そうではないものが『随筆』」

とは言えなかったのではないか、と。「何となく」とか「カッコいい」といった曖昧な言葉ではなく、もっと知的で明確な言葉によって、定義したかったのではないか。

しかしエッセイは、曖昧さを求める時代の産物でした。伊丹十三のエッセイは決して曖昧な内容ではありませんでしたが、彼のエッセイに衝撃を受けた側の若者達は、何とはなしのカッコよさに惚れたのであり、その曖昧さこそがエッセイの妙味。以降、欧米っぽさ、新しさ、若さ、軽さ、くだらなさ……といった、大人の世界とは反対の価値観を持って書かれたものが「エッセイ」と言われるようになり、古風であったり、権威が感じられたり、啓蒙的であったりするものが「随筆」となったのではないか。

日本で「エッセイ」という言葉が広まる背景にそのような事情が関係するのだとしたら、エッセイと随筆の違いを説明することは永遠に不可能となりましょう。「カッコいいっぽいのがエッセイで、そうでないものは随筆」とは、偉い人達が決して口にしたり書いたりできることではないのだから。

エッセイと随筆の違いは、このようにあまり深く追求しない方がいいようなのですが、そこにはもう一つ、基本的な原因も横たわっています。すなわち、エッセイにしても随筆にしても、それ自体の定義がはっきりしていない、という事実が。

旧来の随筆的なものでなく、エッセイを顕彰したいと思ったエッセイ賞の主催者も、また随筆をエッセイに変えたのは伊丹十三の本であるとした編集者も、エッセイの定義、随筆の定義は、示していません。なぜ示さないのかというと、わからないからなのだと思う。

丸谷才一氏は、二〇〇九年に刊行された雑誌「考える人」において、エッセイに関するインタビューに答えています。記事のタイトルは、「エッセイは定義に挑戦する」。ここで丸谷氏は、エッセイを「定義できない文学ジャンル」とした上で、ジョン・グロス

というイギリスのジャーナリスト的批評家が編纂した『オックスフォード・ブック・オブ・エッセイズ』の序文に、

「エッセイは、いろんな形で、あらゆるサイズで現れる」

とあることを、紹介しています。ポテトチップスに関するものから真理に関するものまで、取り上げる題材も様々なら、文章のスタイルも様々なジャンルがエッセイであり、

「たいていの文学形式と違って、エッセイは定義に挑戦する」

のだ、と。

この文章について丸谷氏は、「憲法を成文化してつくらないでしかも立憲君主制をもっているあの国柄とよく似ている」ということで、「とてもイギリス的」だと述べています。定義をしない、という定義の仕方がそこにはあるのです。

もちろん辞書を引けば、エッセイとは、随筆とは、という様々な説明が載っています。しかしその説明を超越する作品が次々と登場し、またエッセイ的でないのにエッセイであることを主張する作品や、反対に典型的エッセイの姿をしていながらエッセイではないジャンルに入ることを希求する作品もある。

そんな時、私の頭に浮かんでくるのは、家の中における、名前のつけられない部屋のことです。リビング、ダイニング、風呂、トイレといった使われ方がはっきりとしている部屋でなく、何にでも使用できる部屋が、家の中にはあります。物置であり、誰かが来た時は寝室

となり、雛人形を飾る部屋でもあり、オンラインでヨガをする時もそこで……という、名もなきユーティリティー部屋とエッセイというジャンルは、似ているのです。「食事」とか「入浴」といった限られた行為だけでなく、しようと思えば何でもできてしまう部屋のような個性を、エッセイは持っている。

いくつもの顔を持ち、定義に挑戦するジャンルである、エッセイそして随筆。そういえばかの内田百閒《うちだひゃっけん》も、「寺田寅彦博士」という文章の中に、「随筆と云ふ言葉の正確な意味はよく知らない」し、「随筆と云ふ以上はどう云ふ物でなければならぬと云ふ約束も私にははっきりしない」と書いていました。

昭和初期、百閒の『百鬼園随筆』はベストセラーとなり、世に随筆ブームを起こしました。寺田寅彦もまた、百閒とは全くタイプの異なる名随筆の数々を刊行していたのであり、百閒はそんな寺田寅彦の業績を、この原稿で賞賛しているのです。

ここで百閒は、自身の随筆集については、

「随筆と云ふ銘を打つについて、何の覚悟があつたわけでもない。かう云ふ物は随筆と云ふ事は出来ないと云ふ排他的の観念など少しも考へなかつたのである」

と書いています。自身の随筆集の中には、叙事文を中心に、叙情文や小説までをも収録したのであり、

「要するに私の作文集であり、文章と云ふ事を第一の目じるしにしてゐるから、寺田さんの

書かれる物の様な啓蒙的な要素は少しもない」

としている。

随筆集に小説も収録しているというところに驚くのですが、百閒の小説集を読んでいて「これは随筆ではないのだろうか」と思う時もあるわけで、本人の中でもその辺りの境界はフニャフニャしていたのではないか。そして百閒のそのような姿勢を見ていると、随筆であれエッセイであれ、その手のものは定義によってくろうとしても無駄で、書いた本人が「随筆だ」なり「エッセイです」と判断した時に、初めてジャンル分けされるのだとも思えるのです。

先人の文章を読むうちに、エッセイ／随筆を定義するのは不可能であることがだんだんわかってくるのですが、しかしそんなジャンルの定義にあえて全く別の角度から挑む人も、いるのでした。

井上ひさし氏は、エッセイ賞の選考委員を二十五年間務めましたが、選評において何度か書いているのが、

「エッセイとは自慢話のことである」

という文章です。自分はこんな体験をした。こんなことを考えている……といった記述は全て自慢であり、それらの自慢に様々な工夫を施し、臭みを抜いて読者に提供するのがエッセイなのだ、と。

この定義に、私ははっとしました。自分もまた、「こんな視点って、ちょっと気が利いてますでしょう」とか「こんなに色々と調べてみたのですよ」といったアピールを込めつつも、それがばれないように日々、文章を書いているのだから。

たまに「ちょっといいこと」を書けば「私、実は善良なところもあるんです」というアピールになるし、露悪的に書けば「自分の悪いところも隠さずさらけ出すことができます」ということに。中心にであれ端にであれ、生身の「自分」を存在させないと成立しないエッセイという芸は、必ず自身のアピール行為となる宿命を負っています。それが自慢であるということを書き手が全く自覚していないと、途端に自慢臭さが溢れてしまうのも、エッセイの特徴なのです。

モンテーニュの『エセー』より五百年以上前に書かれたのが清少納言の『枕草子』ですが、『枕草子』を読むと「エッセイ＝自慢」との定義への納得がますます深まるものです。世界初のエッセイだけあって、自慢臭を消しつつ自慢を書くというテクニックは、まだ確立されていない。自分の頭の良さ、モテた話、褒められた話など、清少納言はのびのびと自慢話を書いているのであり、「これぞエッセイの原型」と思えてきます。

『枕草子』から三百年余後に書かれた『徒然草』もまた、自慢の書です。自慢しがちな他人に対しては厳しい筆誅を加える兼好法師ですが、彼もまた「つい真実を捉えてしまう自分」について、自慢したくてたまらない。

そういえば『徒然草』の冒頭は、

「つれづれなるままに、日くらし、硯《すずり》にむかひて、心にうつりゆくよしなし事を、そこはかとなく書きつくれば、あやしうこそものぐるほしけれ」

という文章でした。つれづれにまかせて心に浮かぶどうでもいいことを何とはなしに書く。……というのも、一つの随筆の定義。そんなことをしている自分について「ものぐるほし」すなわち「おかしいんじゃないの」と思っているところに客観性が光るわけですが、自分のことを「ものぐるほし」などと書くこともまた自慢であることは、言うまでもありません。

エッセイブーム今昔

エッセイを書く女性は、今となっては全く珍しい存在ではありません。自身の胸の内をそのまま書くことに躊躇しない彼女達からさかのぼっていくと、林芙美子に到達するのではないかと私は思います。

大好きだった旅のことのみならず、恋愛や食べ物、自身の社交など、体験や考えを飾ることなく随筆に書いた芙美子。小説家が皆、随筆を得意とするとは限りませんが、彼女は小説も随筆も自分のものとしていました。

「随筆をかいている時は、私の一番愉しいことを現わしている時間です。古里へ戻ったような気持ちです」

「随筆というものは、つねに着るきもののようなものだと思います。そのひとの色色な心がまえや、趣味なぞをうかがえて、外出着のような派手なところがないだけに、大変自分でも心愉しく書いて来ました」

と書いているように、のびのびと随筆に取り組んでいたようです。

自身の弱みや煩悶、野心もさらけ出す彼女の随筆を読んでいると、私は林真理子『ルンルンを買っておうちに帰ろう』を思い出します。心のおもむくままに書くのが随筆ですが、とはいえ裸の精神を披露することに躊躇する人もいる。そんな中で「キレイキレイ」ではない本音を鮮やかに提示する人が登場したという部分において、両者は同じような衝撃を世の中に与えたのではないでしょうか。

面白い随筆を書き続ける人は、仕入れ上手でもあります。体験や知識、教養など、核となるものに自身の感覚を絡みつかせることによって随筆は膨らんでいきますが、林芙美子は中でも体験を核とするタイプの人。常にどこかに行きたくてたまらないところがあったようです。

一九三〇年（昭和五）に刊行された『放浪記』からして、自身が移動し続けたことを書いた作品でした。『放浪記』が売れると、その印税で中国へ行ったり、またシベリア鉄道に乗ってパリへ行ったりしているのです。

旅に対する彼女の思いは、

「旅のことを考えると、お金も家も名誉も何もいりません。恋だって私はすててしまいます」

というほどでした。書くための話題づくりとして旅をしたわけではありませんが、旅をしたなら書かずにはいられず、行動と執筆との目まぐるしい繰り返しの中で、彼女は生きていたのです。

芙美子の没後、海外での生活について書く女性エッセイストが登場するようになりましたが、彼女達の多くは、戦後、平和になってから留学をしたり、また親の仕事の都合で海外に住んだりした体験を立脚点として、執筆活動を行いました。彼女達は、比較的恵まれた家庭に育った女性達であると言えましょう。

対して林芙美子は貧しい生まれであり、自分の稼いだお金で旅をしました。

「日頃から地図をコクメイに愉しんでいる。お蔭で、街へ出て気が向くと、一人でほつほつ旅立ってしまう。良人の財布をあてにしたしめっぽい家庭婦人にならなかったことをもっけの幸だとも思っている」

という感覚は、現在の働く女性達に通じるものがあります。

大正期には多くの女性誌が刊行されており、家庭婦人向けの雑誌には、「〇〇氏夫人」といった肩書きを持つ名流夫人達が、また結婚前の若い女性向けの雑誌には「〇〇氏令嬢」との肩書きの女性達が、今で言うなら読者モデル的な存在として登場していました。彼女達はいわば自分では稼がない女性達だったのであり、そんな中、自分のお金であちこちに行ってはそのことについて書くという芙美子の生き様は、衝撃的だったものと思われます。随筆／

エッセイは、女性達が自分の経済力で行動するようになった時、一気に広がりと躍動感を持つような気がしてなりません。

『放浪記』が刊行された頃、世の中では随筆がブームとなっていました。大正末から昭和初期にかけては、女性誌のみならず様々な雑誌が創刊された時代。一九二二年（大正十一）には「週刊朝日」「サンデー毎日」が、その翌年には「文藝春秋」が創刊されるなど、今に残る雑誌もこの頃に多く出てきます。

雑誌が出れば、誌面を埋めるための文章も必要となるのであり、雑誌は随筆を生み出す役割を果たしました。ネットの発達によって新しいタイプのエッセイの書き手が多く出てきたように、メディアの発達は多くの書き手を世に出すのです。

そんな時代には、随筆の専門誌も創刊されました。一九二三年（大正十二）には、その名も「随筆」という雑誌が登場。創刊号の目次には、徳田秋声、芥川龍之介、泉鏡花、堀口大学、里見弴……といった豪華な執筆陣の名前がずらりと並びます。

この雑誌を始めたのは、作家の中戸川吉二、牧野信一、水守亀之助らでした。吉井勇、里見弴、久米正雄らがつくった「人間」、菊池寛の「文藝春秋」など、文人が雑誌を発刊する動きが大正期には盛んであり、「随筆」もまたその流れの一環だったものと思われます。

この「随筆」は一年ほどで休刊となりますが、水守らは一九二六年（大正十五）に「随筆」を再出発させました。第二次「随筆」の創刊号も、田山花袋、正宗白鳥、室生犀星、柳田國男といったメンバーを揃えた華やかな目次となっています。

再創刊四号目の編集後記によれば、同誌の編集者は「随筆」が売れて儲かるだろうから奢れ、などと友人達に言われたりもしたのだそう。「随筆」は、なかなかの評判を呼んでいた模様なのです。

同じ欄にはさらに、

「目下随筆大流行の世の中となった。大小の雑誌、随筆を載せざるものなし。随筆のない雑誌はもぐりだといった人もある」

ともありました。随筆ブームの世に随筆専門誌を出しているという高揚感が、その文章からは感じられます。随筆ブームの中で「随筆」という雑誌が刊行されたのは、「変わりゆく『コラム』」にて触れるように、一九八〇年代にエッセイ／コラムがブームとなって、「大コラム」などのコラム誌が登場したのと似た現象だったのかもしれません。

この時代の随筆の流行については、復活した「随筆」の創刊号に、評論家の千葉亀雄が書いています。

「実際この頃の文壇ほど、すぐれた随筆家の生れたことは絶後ではもちろん無いが、空前である」

と、随筆と随筆家の隆盛ぶりを示し、その理由としては、

「需要が供給を生んだ」

『改造』や、『中央公論』が、いわゆる『中間物』の掘出し物を誇りとするために、いかに十年間にわたって血眼になって探し廻ったか」

と記すのでした。

この頃の「中間物」とは、知識層を対象にした思想的、学術的な高尚な文章でもなければ、大衆向きの低俗な読み物でもない、その中間くらいに位置する読み物を指しました。すなわち中流層が気軽に読むことができる随筆のような読み物が、「中間物」。明治期に創刊された「中央公論」、一九一九年（大正八）創刊の「改造」といった総合雑誌において中間物の書き手を必要としたという「需要」が、随筆隆盛の第一段階としてあった、ということなのです。

千葉によれば、その後、前述の「人間」や「随筆」が創刊されたことにより、「随筆文学に、或る限定した幾分はっきりした方式を与えた」のが、第二段階。そして第三段階へと進む先駆けとなったのが、芥川龍之介「侏儒の言葉」などを連載して評判をとった「文藝春秋」であり、また「それと似寄った形を採った幾多の文芸雑誌であろう」ということなのでした。

雑誌という器が多数存在するが故に、そこに盛る物も多数必要となったわけですが、ではなぜそこで小説でも評論でもなく、随筆という「中間物」が求められたのでしょうか。千葉はその理由を、時代背景によるものとします。すなわち、

「随筆は一種の弛緩心理の要求を満たすものだからだ」

と。

この文章が書かれたのは一九二六年（大正十五）ですが、

「現代の世の中は、窒息されるほど息苦しい。不安、動揺、どこを見ても行き詰って居る」

と千葉は書いています。重荷を負う息苦しさや閉塞感から逃れるためのはけ口を文芸の世界に求めても、

「七むずかしい論策や、いやに、正面を切った小説は、よそよそしくて喰い付けない」

ということになり、だからこそ、

「そこに随筆がある」

となった、と。

書き手が「個性と心境をむき出しにする」のが随筆の特性であり、書く側が裸なのだから「たまらないほど親し味がある。血の気が通う。教訓もある。示唆もある」。……ということで、閉塞感のある時代の中で人々の心を弛緩させてくれるからこそ「随筆万能」なのだ、とまで書いています。

つらい時代においては、難しすぎず、読み手の心をほっとさせてくれる随筆が必要とされている……というわけなのですが、とはいえ現代の我々からすると、大正から昭和初期といえば、前後の時代と比べれば自由な空気が満ちていた時代とのイメージがあるもの。窒息し

そうなほどの息苦しさを、本当に人々は感じていたのだろうか、との疑問も湧きます。

その辺りは、千葉の個人的な感慨だったのでしょう。どれほど穏やかな時代であっても、その時に生きている人は「今は何と素晴らしい時代だろう」とは思わず、様々な不満を抱くのが常。時代の雰囲気は、後の世の人々が相対的に見て判断を下すものです。

このように大正最末期、千葉は、今は閉塞感の強い時代であるからこそ、中間物すなわち随筆が好まれていると見ていました。が、大正がどのような時代であったかを後の世から見ている者としては、そこに一九八〇年代にエッセイ／コラムが流行った時と同じような理由があったのではないか、という仮説を立てたくなります。

一言で言うならば、それは「時代が軽くなってきたからではないか」ということ。関東大震災はあったものの、復興した東京にはモボ・モガが登場し、丸ビル、帝劇、三越、カフェー……といった都市文化も花咲いたその時代。第一次世界大戦の影響により、一種のバブル景気に沸いた大正時代は、大衆化の時代でもありました。文芸においても大衆化の流れがあったからこそ、雑誌というメディアが好まれ、高い教養を持つエリートではなくても楽しく読むことができる随筆がうけたのではないでしょうか。

昭和の末期である一九八〇年代もまた、似たような時代でした。政治の季節は終わり、景気は上向きになってきたところで、時代はグッと軽く。大正から昭和初期を生きた人々は、ほどなく世界は再び大戦に突入して暗い時代が来ることを知らずにその軽さを味わっていましたが、同じように一九八〇年代の人々は自分達が後の世にバブルと言われる時代に生き、それが崩壊して「失われた十年」と言われる時代に突入することを知らずに、ふわふわと生きた。

随筆の隆盛は、言文一致の動きとも無関係ではないでしょう。明治の言文一致運動があったからこそ、文芸は大衆化し、随筆ブームへと結びつきました。そして昭和の末期、昭和軽薄体系の人々や林真理子、景山民夫といった作家達のエッセイが「言文一致」と評されていましたが、この時期においても、より堅苦しくなく、若者の心情に合った文体が開発されることによって、エッセイ／コラムのブームが到来したのです。

大正末期と、昭和末期。それは難解なものよりわかりやすいもの、堅苦しいものよりカジュアルなもの、重いものより軽いもの……が求められた時代であり、だからこそ随筆、エッセイ、コラムが人々から受け入れられたのです。

昭和末期のエッセイ／コラムブームの時は、割合としては男性よりもまだ少なかったとはいうものの、女性の活躍も当たり前になっていました。では大正末期の随筆ブームの時はどうであったのかというと、こちらは女性の進出はまだ、目立つものではありません。

第一次「随筆」創刊号を見ても、二十五人の豪華執筆陣の中に、女性はゼロ。第二次「随筆」の創刊号の目次でも、四十名以上の名前が並ぶ中、女性は二人。

この頃の文壇や言論の世界にも、女性は存在していました。明治末期に創刊された「青鞜」は、女性が作る女性のための文芸誌としてスタートし、女性解放を強く訴えていくことになります。

平塚らいてうをはじめとした「青鞜」系の女性の書き手達は、自分の思いをそのまま文章にぶつけていたのであり、それを随筆と言えない訳ではありません。しかし女性解放、習俗打破といった目標をしっかりと持ったそれらの文章は、随筆と言うよりは評論に近いものであり、時には檄文に近いトーンにもなりました。特に男性からしたら、心理の弛緩目的には読みづらいものであったと思われます。

「青鞜」系の女性達以外に、女性の小説家も存在していましたが、しかし随筆を主に書く女性は、少なかったようです。職業を持つ女性は限定的であった時代ですから、別の仕事で名を成した人が随筆も書くというケースも、まだ目立ちません。林芙美子のように赤裸々に自分のことを書く人が登場するまでは、あと数年待たなくてはなりませんでした。

そんな中、昭和初期までの文壇において女性の随筆の書き手として声がかかりがちだったのは、歌人や俳人といった詩歌関係の女性達であり、その代表格が与謝野晶子です。「青鞜」創刊号に「山の動く日来《きた》る」で始まる詩を寄せた与謝野晶子は、当時の女性文筆家の中では巨星と言っていい存在感。本職、というか軸足は短歌にありましたが、晶子は文章をもよくする人であり、総合誌や文芸誌といった男性系メディアにも登場して、随筆を書いています。

極めて現実的な文章である随筆と、現実を離れて思いを描く（注・あくまで詩心がゼロの私から見たイメージです）詩歌とは一見、縁が薄いようにも思えるのですが、しかし詩歌の中でも特に短歌は、「自分」と直結したジャンルでもあります。自分の中にあるものを正直に引き出してくるという部分において、短歌と随筆は意外に近いところにあるような気がするのであり、短歌において自分を出し慣れている人は、随筆にもすっと入っていくことができたのではないか。

根っ子が平安時代の歌人につながっているかのような与謝野晶子と、赤裸々な思いの吐露が一九八〇年代以降のエッセイストにつながっているかのような、林芙美子。随筆を書く女性がまだ少ない時代に、全くタイプの異なる両者が随筆を書いていたことは、その後のエッセイの世界を豊かにしたのではないかと私は思います。

詩とエッセイ

三十一文字という文字数制限のもと、枕詞、掛詞等の複雑なテクニックが求められ、誰かから詠みかけられたらすぐさま返歌を詠む瞬発力も必須という何かと面倒な和歌から離れて、思ったことを筆のおもむくままに書いてみたら、後の世に随筆と言われるものが出来上がったのではないか、たとえば清少納言などは。……といったことを、前に記しました。

様々な文学ジャンルの勃興期である平安時代には、それぞれのジャンルの申し子のような女性達が活躍しました。後世まで残る物語を書いた紫式部、和歌の女王・和泉式部、そして随筆の人である清少納言といった人々は、明らかにその性質が異なります。ごく簡単に言うならば、「ねっとり」紫式部、「しっとり」和泉式部、「あっさり」清少納言といった感があり、紫式部などは和泉式部のことも清少納言のことも気に入らなかったから、自身の日記にはねっとりと嫌味や悪口を書いた。

形式にもストーリーにも縛られずに勝手に書くことができる随筆は、中でも最も自由なジャンルであることよ。……と随筆派の私などは思っていたのですが、しかし最近、ある文章を読んで衝撃を受けました。

それは伊藤比呂美のエッセイ『ショローの女』を読んでいた時のこと。そこでは詩人である伊藤氏が、「詩とは何か」について書いていました。詩を書くこととは、眠らずにして寝ている時に見る夢にたどり着くようなもの、という話に「なるほど」と思っていたところに出てきたのが、

「小説やエッセイと違って、詩は自由だ」

という一文。「エッセイこそが最も自由なジャンル」と思っていた私は、エッセイに不自由さを覚えている人がエッセイの名手であることに、驚いたのです。

伊藤比呂美氏のエッセイ解釈については、以前も衝撃を受けたことがありました。伊藤氏の作品をエッセイだと思って読んでいたら、それはエッセイではなく詩のつもりで書いているのだ、とあって「!」と思ったのです。確かに、自由詩の書き方は「自由」なわけで、詩はエッセイに擬態することができるのかも。

『切腹考』を読んでいる時は、もう一つの驚きを得ることになりました。こちらもまた一見エッセイ風の文章。しかし「事実を其の儘書いてるように見える」だろうけれど、「なんの、フィクションです」と、そこには書いてあったのです。

基本的には事実が書いてあると信じられているエッセイにおいて「フィクションです」と断言されることに、私という読者は戸惑います。既に私は、伊藤氏の作品はエッセイのように読めても実はエッセイではなく詩だということは知っていたけれど、「わたし」が登場したりすればやはりエッセイ感覚で読み進み、そうこうするうちに「フィクションです」宣言にぶち当たるという、それはスリリングな読書体験。

文章の世界における諸ジャンルの境界線は、曖昧なものです。中でも、常住している人が少ないエッセイ国の国境線の曖昧さと国境警備のユルさには定評があるため、他国から浸潤も侵略も、し放題。エッセイのようには見えなくても、

「エッセイです」

と言い張ることもできるし、逆もまた可なのでした。

二〇二〇年七月に「週刊文春」にて行われた、伊藤比呂美氏と阿川佐和子氏の対談において、伊藤氏はエッセイという括りに対するモヤモヤした感覚を語っていました。ここではエッセイについて、

「本当は『これは詩です』と言いたいんだけれども、さすがにどう考えても詩ではないし」

と語っていた伊藤氏。しかし、阿川氏が伊藤氏のエッセイ作品について触れると、

「エッセイじゃないんです（笑）」

とのこと。事実についても書いてはあるけれど、

「でもフィクションだらけ、嘘だらけ。いわゆるエッセイを書くのとはずいぶん違うんですよね」

と語っています。

一般的には、事実が書いてあるのがエッセイであり、作りごとを書くのが小説、という理解があります。しかし、実はエッセイには本当のことを書くことはできない、という伊藤氏の指摘には、ハッとさせられました。「あいつ死ね」的な醜い感情を含めて、心の底に沈んだ感情や本能を、エッセイはどれほど書くことができているか。

エッセイには本当のことを書かなくてはならないとかつて思っていた私は、年をとるごとに、その縛りが厳しく感じられるようになってきたのですが、そうこうするうちにいつの間にか、エッセイに嘘を大いに混ぜ込むようになっていました。嘘を書いても逮捕も非難もされないことに気づいてからはますます混ぜ込みが激しくなったのですが、だからといって、自分の書いたものがエッセイに非ずとは思っていません。

エッセイの中にフィクションを混ぜることに対する認識が、詩人とエッセイストとではかなり異なるようだ、とその対談を読みながら私は思ったのですが、阿川氏はその点については、エッセイスト側の感覚を持っているようです。だからこそ同対談では伊藤氏の作品を「エッセイ」と判断したのですが、そんな阿川氏が「昔、聞いたことがある」言葉として紹介したのは、

「エッセイは読者が本当のことを書いていると思い込んで読むものだ」

という定義でした。

エッセイに本当のことが書いてあるのか否かは、実はどうでもいい。読者がどのような気持ちで読むかによって、エッセイか否かの線引きがなされるのだ、と。

伊藤氏はその定義を受けて、「作者と自分が連携できるのがエッセイ」と表現しています。その定義によると、伊藤氏のエッセイ的な諸作品は、やはりエッセイなのだということになりましょう。しかしエッセイの定義は、数多存在します。詩や小説等、他のジャンルといかようにも混じり合うことができ、時には他のジャンルに変態し、書き手の意識によってエッセイになるか非エッセイとなるかが決定するものでもあるのでした。

詩人によるエッセイ（もしくはエッセイ的な作品）は、このように読者の固定観念を強く刺激します。だからこそ詩人のエッセイには、高い中毒性を持つものが多く存在するのでした。講談社エッセイ賞（以下、エッセイ賞）においても、小池昌代、荒川洋治、永田和宏、穂村弘、高橋順子……と、詩歌に軸足を置く受賞者が目立ちます。詩人でなくとも詩心を腹に抱く人のエッセイもまた、多いもの。

詩を書く人々の言葉は、様々なヒントを与えてくれるのでした。たとえば吉本隆明は、「詩とはなにか。それは、現実の社会で口に出せば全世界を凍らせるかもしれないほんとのことを、かくという行為で口に出すことである」

と『詩とはなにか』に書いています。詩を書く人々が、「全世界を凍らせるかもしれないほんとのこと」を追い求めているのであれば、本当のことを書いていると読者から思われてしまうが故に、本当に「本当のこと」は書くことができないエッセイというジャンルは、確かに「不自由」でしょう。

しかし詩を書く人々は、その不自由さをも乗り越えて、エッセイを書きます。荒川洋治氏のエッセイ『文学は実学である』のあとがきには、

「エッセイは、虚構ではない。事実を大切にする。自由きままに書くことはできない。でもわずかな余地がある。そこに楽しさと夢がひろがるのだ、と思う」

とありました。ここでも詩を書く人は、エッセイの不自由さを指摘しているのですが、しかしその「事実を大切に」せねばならぬという拘束の中でもがくことによって、現実に即したエッセイストとは全く異なる味わいのエッセイが生み出されるのかも。

短歌とエッセイの両ジャンルで人気者である穂村弘は、『鳥肌が』にてエッセイ賞を受賞した時の「受賞のことば」において、「次の一行で、或いは一語で、自分が何を書くのかわかっている度」というものについて言及しています。

それは、文章を書いている時に、この先に何を書くのかという道筋が書き手の中に存在するかどうかの度合い、ということなのですが、様々な文学のジャンルの中でその度合いが最も低いのが詩歌である、とそこにはありました。詩歌は、「自分が何を書くのか予めわかっ

ていたら書けないジャンル」なのだ、と。

対して散文であるエッセイは、その姿勢のままでは書くことができない。

「だから、言葉を主体的にコントロールしようとするんだけど、ちゃんと行を詰めて書いているはずなのに、何故か一行ごとに改行しているような感覚がどこかに残ってしまうんです」

とのことであり、そのせいか穂村氏のエッセイは、「これはエッセイとはちょっと違うのでは？」と言われることがあるのだそう。現実に即したエッセイストによる、全ての文字にピントが合っているような文章でなく、コントロール不能な幻のような部分が残されるところもまた、詩歌の人々のエッセイの魅力の一つなのです。

小説家、漫画家、脚本家……等、他のジャンルの専門家がエッセイを書くケースは多々あります。しかしその中でも最もやすやすと、しかし複雑にエッセイの世界に浸潤してくるのが詩歌の人々であると言えましょう。

詩歌とエッセイが実は近い地にあることを指摘したのは、萩原朔太郎です。朔太郎の詩論『詩の原理』では、様々な文学ジャンルがある中で、

「文学の両極を代表する形式は、詩と小説との二つ」

とされています。詩は主観主義で書かれるのに対して小説は客観主義によるもの。そして評論、随筆等は「その中間的のものにすぎない」と。

しかし、「評論、随筆等のものは、文学中に於ての主観精神に属している」ということで、評論、随筆等は、詩の側に立つジャンルだとする、朔太郎。

「故に評論等の栄える時は、必然に詩（及び詩的精神）の栄える時である」

と書いているのです。

小説のみが脚光を浴び、他のジャンルが全て「雑文」としていっしょくたにされることに対して、朔太郎は憤懣やるかたない気持ちを抱いていました。詩や評論、随筆といった「主観派」に弱者連合的なムードが漂うのは否めませんが、しかし「評論等が栄える時には詩も栄える」との朔太郎理論に接した時に私が思い浮かべたのは、一九八〇年代のことでした。

この時代、後に触れる昭和軽薄体の使い手達が人気を集めたり、林真理子『ルンルンを買っておうちに帰ろう』など言文一致運動の再来とも目される新たな力を持つ作品が登場したりと、エッセイの世界には新たな波が起こっていました。またコラム専門誌が刊行されたり、講談社エッセイ賞が誕生したりと、その動きを守り育てるような態勢も作られたのであり、八〇年代は、エッセイ／コラムが「栄えた」時だったのです。

では、主観文学の領袖である詩はその頃、どうだったのでしょうか。萩原朔太郎が『詩の原理』において、小説ばかりが文学ではない、と反撃の狼煙をあげたのは昭和初期でしたが、しかしその後も詩歌が華々しく目立つ現象は見られませんでした。その文学的意義は認識されながらも、一部の書き手以外は広く知られることのないジャンルとして詩歌は存在していたのです。

しかし昭和の最末期、すなわち一九八〇年代には、詩歌の世界が盛り上がりを見せていました。たとえば一九八三年には、「鳩よ!」という雑誌が、マガジンハウスから創刊されます。この雑誌の創刊時の惹句は、「ポエムによるニュージャーナリズム」。それは、詩を中心とした文芸誌だったのです。

それ以前から詩の雑誌はありましたが、いずれも専門誌的な存在感。対して「鳩よ!」は間口を広くし、普通の若者達を詩と言葉の世界へ誘おうとしました。

見た目からして、ファッション誌のような判型と編集が目立ったこの雑誌。従来の詩の雑誌とも文芸誌とも一線を画し、

「中原中也が、おしゃれ詩人。」

「詩人だって、芸能界。」

「荒川洋治センセイ、ユーメー人の詩を解剖します」

といった特集によって、詩のお洒落化、ポップ化を目指す斬新なメディアだったのです。

続いて八〇年代には、短歌の世界が沸き立ちます。八〇年代半ばには、穂村弘や林あまりといった若手歌人達が話題となり、一九八七年には、俵万智『サラダ記念日』が空前の大ベストセラーに。若者達が詠む、わかりやすい口語で書かれた「ニューウェーブ短歌」がブームとなります。

こうしてみると、確かにエッセイの世界と詩歌の世界の隆盛ぶりは、連動しているかのように見えるのでした。八〇年代は軽い時代であったからこそ、エッセイであれ短歌であれ口語的なわかりやすい言葉をもって書かれるようになったのだ、と言うこともできます。しかし同時に、好景気と平和とに恵まれた八〇年代は、若者が自分を表現する時に特別な理由が不要になった時代と言うこともできましょう。動機から自分を表現せざるを得ないと言うよりも、何とはなしの不安から、もしくは理由は不要となり、レジャーの一環として心情を文章化する動きが広がったのです。

たとえば、

「『この味がいいね』と君が言ったから七月六日はサラダ記念日」

との歌を詠むことに、特別の資格は不要に見えます。高い教養や特殊な身分や経験、はたまた社会に対する反発や恨みつらみなどが無くとも、この歌は詠むことができる。と言うよりも、その手のものを胸に抱いていたなら決して詠むことができないのが、この歌なのではないか。

詩歌の中でも、和歌は「主観」で、俳句は「客観」であると萩原朔太郎は書きました。確かに自分の中身を外に出してみようという時、季語が必要でかつ極端に文字数の少ない俳句よりも、短歌の方が適しているることでしょう。八〇年代にブレイクしたのが俳句ではなく短歌であったことにも納得がいきます。

そんな短歌という器に盛られた『サラダ記念日』は、胃にもたれぬ味わいで多くの人々の心を捉えましたが、当時のエッセイやコラムもまた、同じ味わいを持っていました。日常のちょっとした感情の揺らぎや洒落た事物、くすっと笑うことができる経験を書いて読者に共感をもたらすエッセイが当時はうけたのであり、旗を振って「こちらに来い！」と叫ぶ作品も、ルサンチマンの発散のための作品も、時代に求められてはいなかったのです。

誰もが「自分のことを書いてみようか」と思う時代は、誰もが「自分はもしかすると、特別な人間なのかもしれない」と思うことができた時代でもありました。「特別な人」へと導いてくれそうな手段として、詩とエッセイは八〇年代にキラキラと輝いていたのであり、萩原朔太郎の意図とは外れた現象であるにせよ、両者は近い場所で星座のようなものを形づくっていたのでした。

佐藤弘人

昭和三十年（一九五五）、ある随筆がベストセラーランキングの一位となった。それは、佐藤弘人（本名：弘）という著者が書いた『はだか随筆』。前年の秋に刊行されるとすぐに売れ始め、翌年になってもその売れ行きは止まらなかったのである。

著者は、当時五十代後半の、一橋大学教授。しかし、特にその名前が知られていたわけではない。この随筆も、簿記会計の専門誌において息抜き的なコラムとして連載されたものであり、その連載媒体、出版社共に、特に名高いわけではないのだ。

そんな『はだか随筆』がなぜ爆発的に売れたのかといえば、まずはそのタイトルが挙げられよう。大学教授が、教授らしからぬあけすけな内容を随筆にしたためるということからつけられた「はだか」という言葉が目立つタイトル。表紙には、昭和二十八年（一九五三）から「週刊朝日」で「かっぱ天国」を連載し人気を博していた清水崑による、はだかの女かっぱが泳ぐ画。「エロいことが書いてあるのだろう」という想像を掻きたてる装丁である。

「反作用と女」「唯物論と精子」「粘膜論」といった各編のタイトルを見ていると、いかにも学者が書いたエロエッセイという感じが漂うが、しかし実際の内容は、今の感覚からするとさほどエロくはない。みうらじゅん『人生エロエロ』のように、自身の経験が語られるわけでもない。おじさんが酒場で語る愚痴と差別混じりの下ネタ話という感じなのである。

しかし大学教授のエロ随筆ということでこの本を手に取ったのは、おそらく本当にエロの深淵を追求したい人ではなく、ごくまっとうに生きつつ、少しだけ性にも興味を持っているという人々。そのような人々にとって『はだか随筆』は、ちょうど良い艶笑話だったのであり、この随筆は戦後の痛手から立ち直りつつあった庶民のエロ心に火をつける役割を果たしたのではないか。

『はだか随筆』の大ヒットにより、出版界では『銀行員のはだか随筆』『紅毛はだか随筆』『はだか放談』『はだか読本』等、二匹目のどじょうを狙った類書が続々と刊行された。また著者はその後も、『いろ艶筆』『はだか人生』と随筆集を出し、いずれもベストセラーランキングに入る売り上げを記録したのである。

私は、この『はだか随筆』をはじめとする一連の〝はだか本〟が一九五〇年代にヒットしたことが、一九六〇年の、謝国権『性生活の知恵』の大ヒット、そして大ブームにつながったのではないかと見ている。やはり五〇年代にベストセラーとなった『太陽の季節』（石原慎太郎）、『挽歌』（原田康子）は若者の性愛を描いた小説だったが、はだか本の数々はそんな時代に、「おじさんだってエロいのだ」ということを世に知らしめた。はだか本で目覚めた世の中高年達は『性生活の知恵』で、さらにその性的興味を深めようとしたのではないか。

佐藤弘人は、『性生活の知恵』が刊行された二年後に他界。『性生活の知恵』にかき消されたかのような『はだか随筆』のブームを知る人は今、少ない。

時代とエッセイ

変わりゆく「コラム」

一九八五年に始まった講談社エッセイ賞（以下、エッセイ賞）の第一回受賞作品は、先にも書いたように、野坂昭如『我が闘争　こけつまろびつ闇を撃つ』（以下『闇を撃つ』）、そして沢木耕太郎『バーボン・ストリート』でした。

『闇を撃つ』は、一九八三年から八四年にかけて「週刊朝日」に連載されたエッセイであり、記されているのは主に野坂氏の政治家としての活動顚末。一九八三年の参議院選挙に初めて比例代表制が導入された時、青島幸男が中心となって作った政党「第二院クラブ」の名簿第一位に記載されたのが、野坂氏でした。結果、選挙では第二院クラブからただ一人当選し、野坂氏は参議院議員となったのです。

しかし野坂氏は、同年中に参議院議員を辞職。ロッキード事件で実刑判決を受けながらも新潟三区から衆議院議員選挙に立った田中角栄を「撃つ」べく、新潟に家を借りて立候補したのです。

選挙は次点での落選となったものの、『闇を撃つ』は選考会で満票を得てエッセイ賞を受賞します。選考委員の丸谷才一氏は選評において、週刊誌の連載でも毎週読んでいるけれど、一冊にまとまって通読しても面白い、と「脱帽」するのでした。

週刊誌の連載エッセイは、その時々のトピックを題材に書くことが多く、単行本にすると各篇がバラバラな印象になりがちです。しかし国会議員となり、さらには田中角栄の対立候補として新潟に移り住むという自身の行動をオンタイムで週刊誌に書いた『闇を撃つ』は、エッセイでありながら「次はどうなるのだろう」という期待を、読者に抱かせました。それは現在進行形の物語でもありノンフィクションでもあるという、今で言うならリアリティーショーを見るかのような感覚で読まれたものと思われ、エッセイという器が融通無碍であることを知らしめたのです。

この作品の底に流れるのは、田中角栄をはじめとした既存の政治権力に対する怒りの感情です。佐藤愛子や山本夏彦等、怒りの成分が多いエッセイは人気の系譜。怒り系エッセイは、社会に対して不満を持ちながらもそれを怒りへと昇華させる術《すべ》を知らない多くの読者のモヤモヤを、すっきりとさせてくれる役割を担いました。

今も当時も、週刊誌はエッセイにとって主要な舞台の一つです。週刊誌の目次を見れば、その時々の人気の書き手の名前がずらりと並ぶもの。

「週刊誌の見開きページのエッセイを長く続けるということは私にも覚えのあることだが大変に辛い仕事である。私など毎回七転八倒する」

と、山口瞳氏が選評に書いている通り、週刊誌の連載エッセイ、特に見開きの二ページは、読む側は楽しくても、書く側は楽しく書いているわけではありません。山口瞳氏は、「週刊新潮」に三十二年間、名物エッセイ「男性自身」を連載していましたから、その辛さが身にしみていたでしょう。

他にも「週刊文春」では一九八三年から現在まで林真理子氏のエッセイが続き、また「週刊朝日」では東海林さだお氏の「あれも食いたいこれも食いたい」（シリーズの単行本十作目『ブタの丸かじり』は、第十一回エッセイ賞受賞）が一九八七年から現在まで続くなど、ご長寿・人気エッセイの連載は、その雑誌の「顔」となるのです。

一九二二年に「週刊朝日」、「サンデー毎日」といった新聞社系週刊誌が創刊された後、一九五六年に「週刊新潮」が創刊されると、その後「週刊文春」「週刊現代」等、出版社系の週刊誌が相次いで発刊され、世は週刊誌ブームとなりました。週刊誌という媒体とエッセイとの相性は良好で、週刊誌ブームの中から様々なタイプのエッセイが巣立っていくこととなります。

それは週刊誌だけのことではありません。大正期以降、多数の雑誌が発刊されるようになり、そのページを埋めるべく随筆、雑文といった類《たぐい》への需要が高まっていったことは、前にも書いた通り。「アサヒグラフ」の看板は、一九六四年から三十六年間続いた、團伊玖磨「パイプのけむり」。昭和初期に「百鬼園随筆」で随筆ブームを起こした内田百閒は、晩年は「小説新潮」で同名の連載を続ける等、その時々によって記事が移ろいゆく宿命を持つ雑誌の中で、長寿&名物エッセイが雑誌の心棒のように存在するケースがままあるのでした。

『闇を撃つ』がエッセイ賞を受賞した当時、作家と政治家を兼業するだけでも大変な中で、野坂氏は「週刊文春」「週刊小説」にも連載エッセイを抱えていました。「週刊文春」では、タイトルを変えながら二十年以上、連載が続いていたのです。

小説家であり政治家であり、またテレビでも活躍し……と様々なイメージを持つ野坂氏ですが、このように氏はエッセイの名手でもありました。が、氏が書いたものは「エッセイ」と言うよりも「コラム」と言った方がいいのかもしれず、『闇を撃つ』の単行本の帯にも「コラムで勝負！」との文字が。

では、エッセイとコラムの違いとは、何なのでしょうか。私はその辺のことをよく理解しておらず、デビュー当時は一瞬、「コラムニスト」を名乗ったこともありました。しかしどうも自分が書いているものはコラムではないのではないかと思うに至り、以降エッセイストを名乗っているのです。

坪内祐三『シブい本』には、エッセイストとコラムニストの違いは、林真理子と中野翠の違いである、と書いてあります。すなわち、

「林が自分の事に興味あるタイプ（エッセイスト）であるのに対し、中野は自分よりも回りの事に興味あるタイプ（コラムニスト）であったわけです」

と。

林・中野両氏は、共に一九八〇年代前半にデビューしています。林氏のデビュー作『ルンルンを買っておうちに帰ろう』、中野氏のデビュー作『ウテナさん　祝電です』は共に、自身の生活や心理を描くエッセイでしたが、その後林氏はエッセイ以外に小説も書くように。また中野氏は、エッセイと言うよりも、自分以外のことを書くコラムニストとして執筆を続けます。

コラムとはそもそも、英語においては新聞の時評的な囲み記事のことを言いました。特に欧米の新聞で署名コラムを書くことは名誉ある仕事のようであり、日本の新聞で言うならば、朝日の「天声人語」や東京新聞「大波小波」といったところがそれ。政治や世のあり方に対する批評的文章がコラムであり、時の政治に対する怒りを記した野坂氏の作品は、まさに本来的な意味において「コラム」でした。

日本で最初に肩書きとしてフリーのコラムニストを名乗ったのは、元新聞記者の青木雨彦氏だったようです。しかし氏が活動していた頃、コラムそしてコラムニストという言葉はさほど世の中に浸透していたわけではありません。

「コラム」という言葉が注目を集めるようになったのは、まさに野坂氏がエッセイ賞を受賞した頃。一九八〇年代の半ばでした。

その頃、「コラム」は一種の流行となっていたようです。一九八四年には、「小説新潮」の臨時増刊として「書下ろし大コラム」（以下「大コラム」）という雑誌が刊行され、時の人達百人の書き下ろしコラムが収録されました。これが好評だったということで、翌年には「個人的意見　書下ろし大コラム　ｖｏｌ．２」も刊行。同年、流行通信からも「勉強堂」という名で同じような形態のコラム集が出たということで、コラム誌ブームの様相を呈していたのです。

「大コラム」では、「コラム」という言葉はほとんど「エッセイ」と同じ意味で使われています。自分まわりのことを書く人も多いのに対して、政治的なことを書く人は皆無。コラムは本来の意味を離れて、「軽くて洒落《しゃれ》たエッセイ」的な意味を持つ、文筆業界における一つの流行の形となっていたのです。

なぜコラムがブームになったのか。その背景は「大コラム」の巻頭に置かれた玉村豊男『大コラム』ニスト宣言」を読むと理解することができます。一九八〇年代前半、黒柳徹子『窓ぎわのトットちゃん』、鈴木健二『気くばりのすすめ』といった大ベストセラーは出ていたものの、それらはテレビの世界の人気者による本。小説の人気は、低下傾向にありました。そんな中でエッセイストの玉村氏は、中間小説誌の編集者達から、

「ウチもエッセイを充実させたいんですが」

と、異口同音に執筆を依頼されたのだそう。エッセイのベストセラーや話題作が頻発する中で、出版社の人々は、「時代はエッセイ」との感覚を持ったのでしょう。

玉村氏はその状況に、時代の変化を感じています。「小説雑誌における小説と雑文のカンケイは、小説が刺身であるとすれば雑文は刺身のツマ」だったが、「そのツマが、反逆し、自立しようとしている」と、ツマと妻とをかけて書いているのでした。

小説誌の臨時増刊だというのに、「大コラム」は刺身のツマだけを集めた雑誌。小説がステーキだとしたら、付け合わせだけを集めたと言ってもいいでしょう。刺身やらステーキやらは重いから、もっと軽くカジュアルに楽しもう、という感覚は、八〇年代という時代をよく表しています。

玉村氏のコラムには、ある編集者が、「小説よりもエッセイの方が、書き手の本音をストレートに、そして楽に理解できる」といったことを言っていた、とも書いてありました。さらには「これなら自分にも書けそうだ、と思わせる点も人気の秘密かも」と。

この部分を読んで私は、「あ」と思ったことでした。それというのも私が高校生の頃、一九八〇年代の前半に、田中康夫氏と泉麻人氏が書いていたコラム(大学生をそのファッションや遊び方などで分類するというものだった)を読んでいて、おこがましくも「これなら私にも書けそうだ」と思ったことがあったから。思ったついでに、田中・泉両氏のコラムの真似をして、その女子高生バージョンを書いてみたわけで、私のような軽ーい女子高生にも咀噛のしやすい形態が、当時のコラムだったのです。

女子高生だった私は、「コラム」のそもそもの意味は全く知りませんでした。「ポパイ」などのマガジンハウスの雑誌や、ティーン向けのファッション誌に載っていた面白い読み物が「コラム」だと思っていたので、デビュー当初はなんとなくお洒落な感じがして「コラムニスト」を名乗っていたのです。

「大コラム」の目次を見ると、一番目立っているのは村上春樹、糸井重里、川崎徹の三氏の名。八〇年代はコピーライターブームであったことが思い起こされます。椎名誠、嵐山光三郎といった昭和軽薄体の担い手、安西水丸、渡辺和博といったヘタウマブームの担い手、そして私が「これなら私にも」と思ってしまった田中康夫、泉麻人両氏の名前もあります。

特徴的なのは、演劇や漫画、イラスト、音楽等、文筆以外の世界のスター達も、原稿を寄せていることです。小説だけを集めた雑誌であれば、このようなことは不可能。小説よりも書くハードルが低いコラム／エッセイだからこそできることであり、従来の小説誌では見られない華やかなメンバーが揃っているのでした。

「大コラム」に登場する書き手のラインナップは、つまり「重くない」のです。旧来の文壇の住人と言ったら吉行淳之介くらいで、新人類世代やサブカル系の世界の人など、ナウな名前が並んでいる。銀座やゴルフのかほりが漂わないメンバー、と言ってもいいでしょう。

このように野坂昭如氏のコラムと、「大コラム」などコラムブーム下のコラムとでは、同じ時代の同じ「コラム」でありながら、その志が大きく異なるのでした。前者のコラムには、世直しをしたい、巨悪を「撃ち」たいという明確な志が存在します。対して後者のコラムでは、ライトでポップでお洒落で笑える、といった読み味が重視されており、志を持たないことが志だったのではないか。

『闇を撃つ』の最後に収められているのは、

「『コラム』はネクラ、ミづくしで勝負」

と題された一篇です。

ここで野坂氏は、「大コラム」について触れているのですが、

「一時代前、雑文界の王といわれた小生にお座敷はかからず、目次をながめて、古いお馴染みが、ほとんどいない」

と、寂しげな筆致。

確かに「大コラム」の目次に、氏の名前はありません。一時代前に「雑文界の王といわれた」というのは、氏の謙遜でもあったことでしょう。「週刊朝日」と「週刊文春」という檜舞台を掛け持ちする氏には、現役の「王」の自負があったに違いない。だというのに「大コラム」から声がかからなかったことに、寂しさを感じたのではないか。

氏が雑文界で「猛威をふるっ」ていた頃は、「もっぱらヒガミ、ソネミ、ネタミ、ウラミのミづくしで勝負」していたのであり、「当時の雑文家はネクラであった」と、そこにはあ

ります。だというのに「大コラム」を読むと、明るくてあっけらかんとしていて、「小説に対する雑文の、劣等意識とは無縁」。

この辺りから氏の文章は寂寥から怒りへと転調し、「大コラム」への大批判が始まります。「大コラム」に収められているコラムは「むやみに明るくて、個性のない雑文」「金太郎飴風」で、どれを読んでも同じで「要するにつまらない」。そんなコラムがどんなに集まっても「屁みたいなもの」であり、「大コラム」に加わっていない「色川武大、岩城宏之、伊丹十三、殿山泰司の雑文と、比較してみればいい」。……ということで最後は、

「小生に、旧派『大コラム』誌の編集をさせないか。女郎上りのヤリテ婆アの役割、甘くはないよ」

という一文で、この本は終わるのでした。田中角栄に対するのと大差のない怒りを「大コラム」に対しても抱いているのであって、帯の「コラムで勝負!」という一文は、政治の世界の悪や理不尽に対してのみならず、新世代のコラムに向けても投げかけられていたのではないか。

「大コラム」に収められた新世代によるコラムからは、ヒガミ、ソネミ、ネタミ、ウラミ、そして怒りの要素は感じられません。政治の季節の記憶もすっかり消え、そろそろ後にバブルと言われる時代が始まろうという中で、若者達は特に怒る理由も、ヒガミやソネミを募らせる理由もなく生きていたのですから。

第一回エッセイ賞の選考委員は、野坂氏とさほど年齢の変わらない、戦争を知る四氏でした。各氏は、『闇を撃つ』において、野坂氏の田中角栄への挑戦に心躍らされたことでしょう。しかしそれだけではなく、この頃から目立つようになってきた「世の中で一番偉いのは若者」という風潮に対しても「旧派」として正面切って批判し、敢然と反撃の狼煙《のろし》をあげた野坂氏の心意気に対しても、各氏は心の中で拍手を送っていたのではないかと私は思います。

「昭和軽薄体」の時代

一九八〇年前後からエッセイの世界に様々な新しい動きが見えはじめ、それらを受けて創設されたものと思われる、講談社エッセイ賞（以下、エッセイ賞）。一九八五年の第一回受賞者は野坂昭如と沢木耕太郎、翌第二回が吉行淳之介と景山民夫ということで、共に新旧両世代の二名が受賞しています。

この現象は、エッセイの世界における時代の変化を表していましょう。昭和一桁生まれの野坂は当時五十代、吉行は大正の生まれの六十代。文壇での地位も名誉も、既に獲得しています。対して沢木と景山は、当時共に三十代。ベテランにも賞はあげたい。しかし若手にも授与しないと、この賞のそもそもの意味合いが揺らぐのでは？……といった思いが見えるような人選です。

吉行淳之介の受賞作は、『人工水晶体』。そのタイトルといいシックな装丁といい、純文学的なムードが漂っています。が、内容は白内障等、著者が体験した病気についての闘病記なのでした。白内障の手術をして人工水晶体を入れた、という体験が最初の章に書かれており、喘息や結核等、それまでの人生で付き合ってきた様々な病についての記述が続く。最後は主治医との対談も掲載されているということで、中高年向け健康エッセイの様相を呈しているのでした。

選考委員の山口瞳は、

「『人工水晶体』を候補作とするかどうかについては議論のあるところだ」

「『人工水晶体』を私は純粋に実用書として読んだ」

と、選評に書いています。しかし小説家が実用書を書けば、

「こんなに正確に、こんなにわかりやすく、こんなに興味深く、こんなにドラマチックに書けるのだということを多くの人に知ってもらいたいという止み難い欲求があって、私は強力に推薦した」

とのこと。実用書もまた書き手次第でエッセイとなる、との実例がここに示されます。

自分について書くのがエッセイであるならば、自身の身体のことを多くの人が書くのは、当然と言えましょう。エッセイ賞においては、がんとの闘病を描いた内澤旬子『身体のいいなり』(二〇一〇)が二〇一一年に受賞していますが、古くは正岡子規の『病牀六尺』があったし、難病で二十一歳の若さで他界した女性と、その恋人の往復書簡である『愛と死をみつ

めて』（一九六三）は、ベストセラーとなって〝難病もの〟的なジャンルを拓きました。

次第に寿命が延びてくると、命に関わらない病との付き合い方を綴るエッセイも見られるようになってきて、『人工水晶体』もその一つ。劇的なドラマをもたらさない白内障を、読み応えのあるエッセイにしたという賞賛が、白内障世代の選考委員からは寄せられています。

結核で入院中に看護婦（当時は「看護師」ではない）にモテた話、なども織り交ぜられる吉行のエッセイは、当然ながら同年に受賞した景山民夫のエッセイとは、かなり趣が異なります。放送作家であり、自身もテレビに顔を出し、さらには立川流の一員でもあった景山について山口瞳は、

「白状すると、私は、景山民夫さんを、やや胡散臭い人物であるかのように感じていた」

と、選評に書いています。その肩書きを一言で言い表すことができない「業界人」的な雰囲気が、胡散臭さを呼んだのでしょう。しかしその作品を読んだら、「驚き、かつ大いに恥じた」のだそう。

景山の受賞作『ONE FINE MESS　世間はスラップスティック』は、「BRUTUS」に連載されていたエッセイ。グラミー賞の会場でスティーヴィー・ワンダーのインタビューにこぎつけた時、彼のハンガーをこっそり盗んだはいいがバレていた……といった、世界を股にかけた話が並び、その国際的な行動力は沢木耕太郎と同様に、新しい世代を感じさせます。偶

然にも吉行の『人工水晶体』と同様、『ONE FINE MESS』にも対談が収められているのですが、吉行の対談相手が主治医であるのに対して、景山の相手はリチャード・ブローティガンなのでした。

景山はこの作品において、自身が伊丹十三の大ファンであることを記しています。伊丹の名前こそ出していないものの、

「俳優であり、そして映画監督としてのデビュー作で、日本映画界の賞という賞を総なめにしたIさんは、また、日本のエッセイストの中で僕の最も好きな人の一人なのだ」

と書き、Iさんがいなかったら自身が本を書くこともなかったのではないかというほど、

「Iさんの処女エッセイ集と、その後に続いた何冊かの本は、僕に影響を与えた」

とのこと。景山民夫のエッセイの洒脱な読み心地は、伊丹への敬慕からきているのかもしれません。

景山のエッセイと比べればクラシックな読み心地の吉行のエッセイではありますが、しかし景山のエッセイと比べるからこそ感じられる力強さが、そこにはあるのでした。たとえば吉行は、自身の買春経験も、性病経験も隠しません。おそらく昨今の男性の書き手であれば、たとえ買春をしたとしてもコンプライアンス問題を考えて、その経験はひた隠しにするのではないか。

しかし時代のせいか世代のせいか、吉行はその辺りのことを書くのに、全く躊躇しないの

です。

「私はあのゴム製品というものが嫌いで、使わない」ということなので淋病には何度もかかり、それを銀座のバーで吹聴すると「仕方のない人ねえ」と、かえってモテる。それは、「トンボ釣りに行って転んで膝小僧を擦りむいた悪戯小僧をいたわるように」「彼女たちの母性愛を刺戟した」からなのだ。……といった文章を読むと、吉行がとある対談において「女は男から殴られると喜ぶものだ」と語っていたことを思い出し、男性史における貴重な証言のようにも思われてくるのでした。

ゴム製品を使わずに買春をする吉行は、いつも性病に怯えています。ある時、心配な症状が現れたのでシモ関係の主治医を訪れると、検査の結果、悪さをしていたのは性病の菌ではなく大腸菌だったことが判明。ホッとはしたものの、

「私は内心甚しく赤面した。その数日前に、私は男娼と寝ていたからである」

との文章で、サゲ。

今時の男性物書きや、伊丹十三系エッセイの書き手には、決して真似することができないであろう、この「私」の開陳ぶり。景山の受賞作でも、サンフランシスコでゲイ男性に迫られてすんでのところで逃げる、という体験が記されています。景山は男性同性愛者に対して偏見を持ってはいないものの、「僕はどうしても彼らの行為をウンコと切り離しては考えられないのである」というところからの逃走でした。

対して吉行は、文壇の重鎮にもかかわらず、当然のことであるかのように男娼経験を明かすのです。吉行と同じく大正生まれのモテ男である水上勉が、過去の同性セックス体験について書いているのを読んだことがありますが、戦争を知る世代の行動力や好奇心は、戦後世代のそれとは全く違う骨太さを秘めているもの。大腸菌ごときでジタバタしない吉行と、国境をものともしない景山という、新旧世代の対比の妙を感じます。

景山について、井上ひさしは選評で、

「新しい言文一致運動家」

と書いていました。七〇年代から八〇年代初頭までのエッセイの世界には、確かに明治の言文一致運動以来二度目の言文一致の波がきていたのであり、「随筆」が「エッセイ」や「コラム」となったのは、その言文一致第二波と時を同じくしているのではないか。

景山について井上は、「落語の呼吸でエッセイを書いている」、と評しました。圓朝の落語が二葉亭四迷『浮雲』の参考となったのと同様に、景山もまた落語をベースとして言文一致エッセイを書いているのだ、と。

景山の呼吸が、落語ばかりでなく伊丹十三のそれも取り込んだものなのだとすれば、言文一致第二波の流れは、伊丹十三にも繋がることになりましょう。伊丹の『ヨーロッパ退屈日記』は、です・ます調と、だ・である調の混ざった文体で書かれています。文語で「です・ます」を使用することは、明治の第一波の時から言文一致の一手法でしたし、

「ハウエヴァ、それはさておき、わたくしはヴェニスへ靴を買いに行こうとしていたのだったな」（『ヨーロッパ退屈日記』）

といった文からも、口語感はほとばしります。

とはいえ第二波の源流は、一つではなさそうです。この頃、言文一致の動きは同時多発的にあちこちで発生していたのであり、その中でも有名なのは、「昭和軽薄体」の隆盛。

昭和軽薄体の代表作とされるのは、一九七九年に刊行された、椎名誠『さらば国分寺書店のオババ』です。

「とつぜんこういうことを申しあげるのもなんですが、わたくしはだいたい、鉄道関係の人々、というものはあまり好きではないのです」

と始まるので、です・ます調かと思いきや、だ・である調も混じり、そこに「……なのね」や「……だって」といった純正口語体もスパイスとしてふりかけられる。さらには「おまえら」が「おまーら」になったり「憂鬱」が「ユーウツ」になったりと、「ー」やカタカナの使用法もユニークであり、一人称は「おれ」ということで、やんちゃ感も加味されます。

目黒考二との対談において椎名は、当時の読者からのハガキに「椎名誠の文章はシニカルな軽薄体とでも言うんでしょうか」とあり、

「それを読んで『昭和軽薄体』ってひらめいたんだ。うたかたのように消えていくエッセイ

にはふさわしいって気持ちもあったんだよ」

と語っています。すなわち昭和軽薄体は、「自称」でした。

また椎名のエッセイは「スーパーエッセイ」と言われましたが、同対談によるとこれも自身による名付けだとのこと。当時の読者は、従来のエッセイを超越しているすごいエッセイ、という意味での「スーパーエッセイ」なのだと理解していましたが、本当は「超」ではなく、「バケツも野菜もなんでも売っている」という意味で「スーパーマーケットのスーパー」なのだそう。

そのような誤解はありつつも、「昭和軽薄体」「スーパーエッセイ」というネーミングの妙もあって、一九八〇年前後の言文一致第二波の代表的な存在となった、椎名。椎名は『さらば国分寺書店のオババ』の文庫版あとがきで、自身の当時の文章について、

「嵐山光三郎さん、糸井重里さん、東海林さだおさんの影響を色濃く受けている。もっともいま名前を挙げたこの三名の文章はけっして軽薄体ではないが――。まあ今思えば、テレの文体と考えていいのだろうな、と自分で自分をブンセキしている」

とも書いています。この文章が書かれたのは一九九六年であり、椎名のあとがきから昭和軽薄体の痕跡は既に姿を消しているのですが、「ブンセキしている」のあたりに、テレを込めてのサービス精神が見られる気がが。軽薄体盛りの頃であれば、「スルドくブンセキしている」と書いていたかもしれません。

椎名が影響を受けたと書く嵐山光三郎といえば、「……でR」という文章が印象的な、椎名と共に昭和軽薄体界のツートップ、という印象があります。嵐山の最初のエッセイ集である『チューサン階級の冒険』は『さらば国分寺書店のオババ』の二年前、一九七七年の刊行。「チューサン」の語を見てもわかるように、昭和軽薄体的な言語使用法は既に始まっていて、です・ます調と、だ・である調も、混在している。椎名が「昭和軽薄体」と絶妙な名付けをしたことによって有名になった文体は、少し前から萌芽を見ていたのです。

『さらば』の文庫解説は嵐山によって書かれていますが、

「このころ、椎名氏は『昭和軽薄体』なるキャッチフレーズを作った。椎名氏が提唱者でぼくもその同系列だとされた」

という文章に、一抹のモヤモヤ感を読み取ることができます。

「椎名氏が話しコトバを使ったのは、つまりは言文一致」

だけれど、しかしそれは喋った言葉をそのまま書くものではない。

「あくまで『しゃべり言葉文体』という文体なのであります」

ということであり、それは「硬直した権威主義連中」をおおいに挑発したものの反動も大きく、「ぼくなんか『おめえも軽薄体一味だろ』とからまれて迷惑した」のだそう。嵐山には、昭和軽薄体との間には一線を引いておきたい、という感覚があったようです。

そんな嵐山は、二冊目のエッセイ集『新随想フッーの血祭り』（一九八二）の中で、

「私は自分で言うのも変だけれど、深沢七郎の影響をすごく受けている」と書いています。同書にはその深沢が序文を寄せており、深沢の周囲に集まった「夢屋一家」の中でも、

「光三郎はそのバッグンの存在だった」

とあるのでした。

女性で言うならば武田百合子的な、つまり真似をしたくても絶対にできない天衣無縫の文章の書き手である深沢七郎。嵐山光三郎との繋がりは意外な感じがしますが、深沢のエッセイ『言わなければよかったのに日記』の冒頭、

「ボクは文壇事情を知らないから時々失敗してしまうのだ。『知らないっても、アナタは常識程度のことさえ知らないからダメだよ』と、よくヒトに云われる程知らないのだ」

との文章を読めば、タイトルと著者名を知らなければ、昭和軽薄体系列の人の手によるもの、と思いはしまいか。『言わなければよかったのに日記』は一九五八年に刊行された作品ですが、深沢から滴ったエキスも、昭和エッセイ界における言文一致の動きには影響していたのです。

嵐山光三郎の他に椎名が影響を受けた人物として名を挙げているのは、糸井重里、東海林さだおです。糸井重里の最初のエッセイ集『ペンギニストは眠らない』(一九八〇)を見る

と、「小エッセイのよーなもの」「エッセイのよーなもの」といった文言が目次に並びます。もちろん「影響」は「ー」の使用法にとどまらないと思われますが、そこには共通する時代の雰囲気が漂うのでした。

彼等の一世代上である東海林さだおの最初のエッセイ集は、『ショージ君のにっぽん拝見』（一九七二）。昭和軽薄体を読んだ直後に、

「ダレでも一度は釣りをしたことがあると思う」

とその一行目を読むと「あ」と思わされるものがありますが、それ以前に「ショージ君」という語がそもそも、その「ー」使いといいカタカナ使いといい、後の世代に与えた影響が絶大の単語であったのではないか。我々は長年にわたって「ショージ君」という単語を見続けていますが、その一語には、後に昭和軽薄体に移植されるエッセンスが詰め込まれていたのです。

嵐山光三郎は一九八八年、『素人庖丁記』でエッセイ賞を受賞しています。受賞作においてはもう、「どーでもいー」とか「こーゆーの」といった言葉遣いは見られません。前回取り上げた一九八四年刊行の「大コラム」には、嵐山・糸井・椎名三氏も原稿を寄せていますが、その時点で既に、三人とも大人の言葉遣いで書いている。昭和軽薄体的文体はインパクトが絶大であったけれど、個性が強い文だからこそ、書く側としても飽きるのが早かったのではないかと思われます。

しかし「大コラム」における東海林さだおの文章は、『ショージ君のにっぽん拝見』から十余年が経っているというのに、ほとんど変わらないのでした。「ボク」が「ぼく」になったくらいで、文章自体が枯れも若返りもしていない。

「大コラム」から四十年が経った今も、それは同様です。『ガン入院オロオロ日記』(二〇一七)という闘病エッセイを書く年齢になっても、ショージ君はショージ君。天才は最初から完成されている、ということなのでしょう。

シラケ世代の脱力エッセイ

一九八〇年前後に話題をさらった、昭和軽薄体と言われる文体の寿命は、あまり長くはありませんでした。

その担い手であった嵐山光三郎、椎名誠、糸井重里といった人々は一九四〇年代の生まれで、当時三十代半ば。既に大人であったため、目立つ文体に対する照れが早期に生じたのか、次第に軽薄ではない文章を書くようになっていったのです。

昭和軽薄体は、次の世代に継承されることもありませんでした。以前も記したように、一九八〇年代にはコラムブームが発生し、軽薄体の使い手だった人々や、一九五〇年代生まれの若い書き手達が、そのブームを担いました。が、若い書き手達は、文体で若さを主張するというよりは、その精神の持ち方によって、上の世代との違いを浮かび上がらせていたのです。

一九四〇年代生まれの人々と、一九五〇年代生まれの人々との最も大きな違いは、戦争との関わり方です。嵐山光三郎、椎名誠は戦争中の生まれであり、糸井重里は終戦直後に生まれた、いわゆる団塊の世代。糸井は学生運動の闘士だったことも、知られています。日本が戦争に負け、ダイナミックに世の中が変化していく時代に、精神の最も柔らかい時代を過ごしたのです。

対して、たとえばコラムブームの時、雑誌のコラム特集でその名を見ないことがなかった泉麻人は一九五六年（昭和三十一）の生まれです。一九八五年に刊行された泉の『無共闘世代』は、自身が属する世代について記した書ですが、その書き出しは、

「というわけで昭和60年代がスタートいたしました。僕は昭和31年、西暦で言うと56年に生まれた、いわゆる中途半端なハイ・トゥエンティーです」

というものであり、「戦争が無かった上に、全共闘運動すら間に合わなかったという点」が、自分達の世代にとっては弱みなのだ、と書くのでした。戦争も全共闘運動も知らない自分達は、人生に「ハク」がつかない。「終戦後の貧乏を味わったり、角材を持ってキャベツを齧る生活ができた人々はその点しあわせです」と、上の世代を羨んでいます。

戦争や学生運動だけでなく、ライフスタイルや考え方に影響を与えるような大きな事件を経験していないため、無思想で無節操な「何も無い」世代になったと、泉は自覚。痛いとか苦しいとか暗いのが嫌だという部分では「反戦」だが、政治的な思想は持たず、流行に従っ

て生活を変えていくのが自分達なのだ、と認識しています。

思想も節操も持たないことを堂々と表明する若者達は当時、「シラケ世代」とも言われていました。上の世代が熱い思いをたぎらせすぎたが故に、下の世代の若者は、世の中に対してしらーっとした感覚を持つようになったということでの、「シラケ世代」。その感覚は上の世代からすると謎すぎるということで、「新人類」とも称されたのです。

共にコラムブームを支えた昭和軽薄体の書き手達と、泉など若い書き手達は、つながっているようでいながら、その〝シラケ・ライン〟のあちらとこちらにいました。軽薄体の人々は、大人になっても面白いこと、くだらないことを追求して、軽薄さを強調していましたが、実態は熱く、真剣な男達なのであり、真剣に軽薄なフリをしていました。昭和軽薄体という文体は、ちゃんとした大人達の世界に反発するカウンターカルチャーの一つだったのかもしれません。

だとするならば、何にも反発する気のないシラケ世代が、その文体を引き継がなかったのも、当然のことでしょう。時代の曲がり角を感じさせる彼等の存在感は、団塊の世代のそれとは全く違ったのです。

目には見えない思想やら意志やらを大切にした上の世代とは違い、シラケ世代は、目に見えるものを好みました。八〇年代の物質的な文化は、しばしば「カタログ的」と言われますし、何を着ているか、何を持っているかで人を判断するというブランドブームも発生します。

その先鞭をつけたのが、一九七〇年代後半に創刊された「ポパイ」でした。当初は、アメリカのファッションや遊び等、マニアックな情報を紹介するコラムがみっちりと詰まっていたこの雑誌は、若者達をおおいに刺激。スキーやらテニスやらファッションやらの世界へと、彼等を導きました。

物質の時代の人々にとって格好良く見えたのは、多くの情報を収集し、そこから取捨選択して分類する、センスです。そんなセンスを持つ人々によってつくられた「ポパイ」のような雑誌は、時代をリードする存在に。

初期「ポパイ」は、単に情報を羅列するのではなく、情報をコラムによって紹介するコラム誌的な面を持っていたところもまた、アメリカ的でした。以前紹介した「小説新潮」臨時増刊「大コラム」よりもずっと早く、一九八一年（昭和五十六）には、「コラム大特集」をも行っているのです。

そこでは、

「情報って、不思議だ。コラムにしてしまえばメチャ面白いものでも、特集にするとツマんなくなる。シティライフを充実させる爆発コラム大会」

ということで、コラム化することで、様々な情報の断片を活性化。「今、ディスコはホテルのスウィートルーム感覚」（山本コテツ）から「80年代のプロレスはいかに展開されるのだろう」（村松友視）まで、微細な情報を満載したコラムが並びます。

ジョギングシューズについてのコラムでは、アディダスの〝ハイテック・シューズ〟やニューバランスの超軽量シューズを紹介し、スキーのコラムでは、来シーズンの板のモデルを評価……と、物質文化の波を感じさせる「ポパイ」コラム大特集ですが、その波を増幅させたのは、同年に刊行されて大ヒット作となった『なんとなく、クリスタル』（田中康夫）です。

この小説の主人公は、思想や意志、はたまた倫理観によってではなく、その時々の気分によって自身の行動を決定する女子大学生。

「結局、私は〝なんとなくの気分〟で生きているらしい。

そんな退廃的で、主体性のない生き方なんて、けしからん、と言われてしまいそうだけれど、昭和三十四年に生まれた、この私は、〝気分〟が行動のメジャーになってしまっている」

と思っている彼女は、六本木へ遊びに行く時は、クレージュのスカートかパンタロンに、ラネロッシのスポーツ・シャツ。ディスコでのパーティーには、サン・ローランかディオールのワンピース……といった感覚を持ちつつ、ディスコで出会った男子大学生と「なんとなく」セックスをしたりします。クレージュやサン・ローランといったクリスタルなブランドのファッションは、ゲバ棒にヘルメットといった往時の大学生のそれとは全く異なり、また「なんとなく」のセックスも、「抱かれる女よりも、抱く女に！」といったウーマンリブ的感覚からは遠く離れたところにあるものなのでした。

ブランドというもののクリスタル感、つまりキラキラした感じを世に知らしめ、ブランドブームの先導役を果たした田中康夫は、泉麻人と同い年です。情報を、そして世の中を切り分ける技術に長けた二人は八〇年代の前半、「ポパイ」において、一緒に「大学分類」というコラムを書き、それは『大学・解体新書』という本にまとまっているのでした。

同書では、様々な大学を、偏差値は度外視して、遊びかたやモテ具合、ファッション等によって分類。それを見ると当時、「分類」という行為が一つの芸になっていたことがわかります。そこには「ムリヤリ区別する愉《たの》しさ」があるのだ、とも記されていますが、既に民主主義がたっぷりと浸透して、中流化・均質化が進んだように見える世にも実は存在する新しい「差」を、シラケ世代の二人は提示してみせたのです。

同書に推薦の言葉を寄せているのは、中洲産業大学教授の森田一義、すなわちタモリでした。昔は、早稲田は早稲田っぽく、慶応はいかにも慶応だったので一目でそれとわかったものだったが、昨今は区別がつかなくなった。そんな中で、この分類手法はすばらしい。……との称賛を寄せる森田一義こそ、八〇年代のはじめ頃に「ネクラ」「ネアカ」の二分法を流行《はや》らせ、また埼玉のダサさをあぶり出した人物。分類芸の先達が後輩にエールを送る、という形になっているのです。

分類芸はやがて、ベストセラーを世に送り出しました。例えば一九八三年に刊行された、ホイチョイ・プロダクション（現・ホイチョイ・プロダクションズ）の『見栄講座』。六十五万部が売れたという同書は、泉・田中両氏よりも二歳上の馬場康夫らによる書であり、「現代は見栄ライフ・スタイルの時代と申せましょう。地道に生きたって所詮ムダ。適当にやって、いい加減に生き、見かけの体裁さえとりつくろえば、それでいいのです」ということで、「苦労なくして、うわべだけカッコよく見せかける技術」を習得して、「ルンルン・ギャルをビシビシひっかけようではありませんか」と、読者に語りかけます。

「見栄スキー」なり「見栄軽井沢」なり「見栄キャリア・ウーマン」なりの各章を読めば、事物を「見栄」と「実態」とに分けることが、若者達、すなわち著者達自身への大いなる皮肉になっていることがわかります。が、当時の若者達は既に、分類済みの情報を鵜呑みにすることにすっかり慣れていたのであり、序列の上位に行くためにはこのブランドを着ればいい、といった話を半ば真剣に信じました。だからこそ本書は大ヒットし、戦争や学生運動を知っている大人達を嘆かせたのです。

たとえスキー初心者であっても、上級者風のウェアを用意し、巧妙に上級者用ゲレンデを避けつつ物慣れた態度をとれば、モテる。……といった「講座」は、格好良く見えるスキー（やテニス）用品のカタログでもあり、いかに遊ぶかのハウツー本でもあり、また楽しく読むことができるコラム集でもありました。実態スキーと見栄スキーをはっきりと分け、「努力でスキーなりテニスなりの腕を上達させずとも、結実することはある」という夢を、若者にもたらしたのです。

『見栄講座』刊行の翌年、一九八四年（昭和五十九）に刊行されてベストセラーとなったのは、渡辺和博／タラコプロダクションの『金魂巻』です。カバーに、

「現代人気職業三十一の金持ビンボー人の表層と力と構造」

との文があるように、こちらは様々な職業に関して、㊎（マルキン）と㋲（マルビ）、すなわちお金を持っている人と、そうでない人の具体像を著者がイメージし、それぞれをイラストと文章とで描き分けたという書。

ページをめくれば、㊎の女性アナウンサーは山村美智子（現・山村美智）を、㊎のコピーライターは林真理子を、また㊎の学者の卵は浅田彰を匂わせるイラストが（ちなみにサブタイトルの「現代人気職業三十一の金持ビンボー人の表層と力と構造」は、当時、おおいに話題になっていた浅田彰の『構造と力』のパロディと思われる）。時代のスター達の姿も取り込みつつ、しかしこの本は、バブルに向かって駆け上がろうとしていた、というよりもバブル崩壊に向けて一気に落ちていく前のピークへ向かおうとしていた時代そのものを、嗤《わら》っています。

「まえがき」には、㋲の弱味は、「㋲も㊎になりたいと願ってしまうこと」だとありました。高級ブランドにそっくりな服など、㊎に対する㋲の憧れを利用したかのような事物が街には溢れているのであり、

「かつての㋲は、健気《けなげ》な庶民としてやりくりをつけ、清く正しく生きていたものを、現代で

は見栄の㊫がノーマルになり、自覚がなくなってしまった」とも。

こうしてみると『金魂巻』は、『見栄講座』が発したコールに応えたレスポンスの書のようにも思えてきます。『見栄講座』を真剣に読んだ人々が真剣に見栄を張ってしまった日本という国の薄さ、のようなものがここでは浮き彫りにされているのですから。

渡辺和博は「ガロ」の編集長を務めつつ自身でも漫画を描くようになり、そのシュールかつ鋭い視線で書くコラムも人気を得ていた人です。そのイラストは、いわゆる「ヘタウマ」の画風でした。

ヘタウマのイラストは、昭和軽薄体のブームとも、密接に結びついています。

ヘタウマブームの中心的存在となった湯村輝彦は、糸井重里と絵本を共作することによって、注目を集めました。糸井の初のエッセイ集『ペンギニストは眠らない』も、カバーイラストは湯村輝彦によるものです。嵐山光三郎、椎名誠らが昭和軽薄体を使用している頃のエッセイ集のカバーも、安西水丸や河村要助といったヘタウマ系イラストレーターの絵によって、飾られているのでした。

ヘタウマのイラストと昭和軽薄体というのは、イラストと文章の違いはあれど、似た存在感を持っています。描き手達と書き手達はほぼ、同世代。上手に、きれいに描く／書く力を持っているのに、あえて崩して表現するという部分において、両者は共通していたのではないか。

　エッセイの方面では、書き手達が早めに〝ヘタウマの文章〟から卒業していったのに対して、イラスト界においては、ヘタウマは一つの芸風として確立されていきました。たとえば前出『大学・解体新書』のカバーイラストは、渡辺和博。泉はみうらじゅんともしばしば共に仕事をしているのであり、シラケ世代は昭和軽薄体世代から文体は引き継がなかったものの、ヘタウマ系イラストレーターとのカップリングは引き継いでいたのです。

　湯村輝彦等、ヘタウマ勃興期のイラストレーター達は、昭和軽薄体と同様、〝メイン・カルチャー〟の権威を骨抜きにする手段として、ヘタウマイラストを描いていたのかもしれません。その辺りから、日本においてサブカルの世界が急速に広がっていったのも、決して偶然ではなかったのでしょう。

　その後に登場した渡辺和博やみうらじゅん等は、既に拓かれていたサブカルの世界を、肩の力を抜いて歩んでいきました。彼等の芸風は、何に対しても抵抗しないシラケ世代の脱力感とマッチするものだったのです。

　一九八四年に刊行された、前述「大コラム」を見ると、たくさんのイラストレーターがコラムを書いています。湯村輝彦、河村要助、渡辺和博といったヘタウマのスターのみならず、イラストも文章もよくする南伸坊や安西水丸、女性ヘタウマの第一人者だった霜田恵美子、そしてヘタウマではないウマウマ系のイラストレーター横尾忠則も、「ヘタウマの元祖」との説もある東海林さだおも、コラムを書いている。その現象は、コラムという領域の垣根の低さを示すと同時に、イラストとコラム／エッセイが非常に近い地にあることを感じさせもするのでした。

『金魂巻』は、著者が文章とイラストとで自身の視線の持ち方を提示した、イラストエッセイでした。イラストと文との距離は実は遠くないという事実を示したことにおいても、この本は画期的だったのです。

㋩の人々の、「お金持ちになりたい、それが無理ならば、お金持ちっぽく見られたい」と頑張る様を、文章だけで示したならば、かなりとげとげしい読み心地になったことでしょう。しかし『金魂巻』では、㋩の女子大学生が「バイトで買ったバレンチノのバッグ」を大事に抱えている姿をヘタウマのイラストで描かれていたからこそ、読者は安心して笑うことができました。格差をレジャー感覚で楽しむ強さと鈍感さが、この頃の日本人にはまだあったのだなぁと、思います。

「つるむ」という芸

一九八七年、第三回講談社エッセイ賞（以下、エッセイ賞）を受賞したのは、『東京路上探険記』。文・尾辻克彦、絵・赤瀬川原平、と本にはありますが、二人は同一人物です。

前衛芸術家であると同時に文筆家としても活躍し、一九八一年には芥川賞を受賞（尾辻名義）している赤瀬川。一九八五年には『超芸術トマソン』を刊行し、話題となりました。

『東京路上探険記』は、トマソン物件についてのエッセイから始まって、東京の不思議な事物や不思議な人を探訪しているうちに、思いは自らの過去や夢の中へも飛んでゆく……。ということで、本書は時空を超えた東京の探険記となっているのでした。

ちなみに超芸術トマソンとは、階段を登った先に何もない「純粋階段」、門があるのにセメントで塞がれた「無用門」など、何の役にも立たないのに様々な事情によって町中に残された物のこと。その役に立たなさ加減を、赤瀬川は〝芸術を超えた芸術〟と見ました。巨人に高年俸で入団しながらも全く活躍しなかった助っ人外国人選手、ゲーリー・トマソンからとって、その現象は「超芸術トマソン」と命名されたのです。

赤瀬川は一九九八年に『老人力』を刊行していますが、ここでは「老化」や「衰え」ではなく「老人力がついてきた」と言うことによって、年をとることへのマイナスイメージを逆転させ、同書は大ベストセラーとなりました。取り残された無用物を「超芸術」と捉えるのと同様の感覚が、『老人力』においても発揮されているのです。

選評において選考委員達は、「深くて含蓄にとむ思想」（井上ひさし）、「異才というにとどまらぬ境地」（大岡信）、「名人の手品のやうな随筆」（丸谷才一）と、本作品を褒めています。しかし一人山口瞳は、町中にある無用の長物は、「設計士の恥、大工の恥、大家（持主）の恥」であり、

「その背後にあるべき人間的なドロドロしたものを探険するのでなければ、僕には全く興味がない。多数決という約束事に屈したが、僕は、この授賞には納得がいかない」

と、異を唱えるのでした。

ここには、山口瞳のエッセイ観が表れていましょう。無用物を一種の芸術として切り取り、「なぜそうなったのか」についてはあえて追求しない赤瀬川に対して、山口はその現象を探ってこそエッセイ、と思っています。エッセイというジャンルの守備範囲が幅広いからこそ、このような認識のズレが生じたのではないか。

そんなズレとは関係なく、『東京路上探険記』を読んで私が感じるのは、「この頃の男達は、よく群れている」ということなのでした。「群れる」とか「徒党を組む」という言い方はイメージがよくないかもしれませんが、エッセイ賞の初期、すなわち昭和末期までの受賞作の著者達は、様々な才能を持つ人々と集うことによって互いに刺激をもたらし合い、創作に生かしていたように思われる。

たとえば野坂昭如であれば、酔狂連というグループを結成し、田中小実昌、小中陽太郎らと共に、まさに酔狂な遊びを楽しんでいた模様。

昭和軽薄体系の人々であれば、嵐山光三郎は前回も書いたように深沢七郎の「夢屋一家」の出身であり、また糸井重里や南伸坊、ゲージツ家の篠原勝之や村松友視らとの交遊も、エッセイにしばしば描かれています。

椎名誠は、嵐山と交友関係が重なる他にも、若い頃からの仲間である「あやしい探検隊」等を主宰していたことが有名。あやしい探検隊によるキャンプ等の活動は、シリーズとなって書籍化されているのでした。

そして赤瀬川原平もまた、藤森照信、南伸坊、松田哲夫らと「路上観察学会」を結成しています。皆で路上を観察した結果を共著として刊行してもいるのであり、学会員達と遠征して路上を観察する様子は、非常に楽しそう。

いずれのグループもメンバーは男性が中心であり、「馬鹿馬鹿しく見えるであろうことを、大の男達が真剣に楽しんでいる」というムードを醸し出していたのですが、そのような現象は、この時期に始まったものではないようにも思います。日本の近代文学の歴史を見てみると、文学者は孤高の存在のようでいて、案外仲間とツルんでいるものです。夏目漱石等、文豪のもとに弟子達が集って一派を形成したり、白樺派のように、同人誌を源とするグループがあったり、阿佐ヶ谷会のようにご近所さん同士で集ったり。書く作業は一人で行わなくてはならないからこそ、彼等は仲間を必要としたのかもしれません。

同時にその手のグループは、男達が俗世での雑事や家庭の雑事から逃れる場所でもあったのでしょう。そしてその流れの最後に位置するのが、「あやしい探検隊」や「路上観察学会」ではないかと、私は思います。

昭和末期、男達が共にキャンプをしたり路上を観察したりする様子は、明治の末期、与謝野鉄幹や北原白秋等、五人の男性文筆家が連れ立って九州へ行った『五足の靴』の旅を思い起こさせるところもあります。集団で何かをすることは、特にエッセイを書くにあたっては格好の話の種となったのではないか。

対して今の物書き達はというと、グループを結成する動きは目立ちません。カリスマ性のある人物のもとに弟子のような人が参集するというケースも、あまり聞かない。才能豊かな人達との交遊を持つ人はいましょうが、特に若い人の場合はその交遊ぶりをそのまま書くと「何のアピール?」ということにもなり、有名人同士の集団を舞台とした社交エッセイが書きづらい世相になってきたのです。

昭和の末期までは、興味を共にする人々と結成した何らかのグループに「所属する」という行為の魅力が、まだ大きい時代であったのでしょう。しかし昭和が終わると人々の興味は細分化され、それぞれが孤高のオタクと化していくことになります。

人間関係もフラット化し、師匠やカリスマに私淑することに喜びを感じたり、所属集団の中で濃密な人間関係に陶酔する人は減少。それぞれがタコツボの中で活動するようになり、集団の効能によって書かれるエッセイもまた、姿を消していきました。

集団の効能が生きる『東京路上探険記』は、〝散歩もの〟の系譜にも位置するエッセイです。散歩ものの大家といえば永井荷風であり、『日和下駄』や『断腸亭日乗』では、東京を歩きつつ、自らの来し方や東京の変化に思いをいたすという芸風が確立されているのでした。

特殊技能を持たずとも散歩はできるので、散歩ものエッセイは誰にでも書くことができます。しかしただの散歩を〝面白く〟書くには、高度な技術が必要です。最もシンプルなだし汁を作ればその料理人の実力がわかると言うように、書き手の資質は散歩ものエッセイによってはかられる。……と言うよりも、真の実力を持つ人でないと、散歩エッセイには手を出さないのではないか。永井荷風のみならず、井伏鱒二に内田百閒、武田泰淳に植草甚一、安藤鶴夫に池波正太郎、小沢昭一に田中小実昌……と、散歩ものの名作を書いた人々の顔ぶれを見ると、そのようなことが思われるのでした。

散歩ものの名手は男ばかりではないか、という話もありましょう。確かにその通りですが、昭和以前の時代、女には散歩を楽しむ文化はまだなかったのではないでしょうか。そもそも女の書き手の数が少なかったからだけでなく、女が朝昼晩とおさんどんをしないと、亭主から殴られ子供は腹を空かして泣き叫ぶ、という状況下では、

「暇があったら歩くにしくはない。歩け歩けと思って、私はてくてくぶらぶらのそのそといろいろに歩き廻るのである」（『日和下駄』）

と、荷風のように目的もなく歩き回ることは難しかったに違いありません。

そんなわけで「散歩もの」は、伝統的に男、それも都会の男が得意としてきたジャンルです。田舎の自然の中を散歩するのも爽快ですが、昔から変わらぬ山河を愛でるだけでは、エッセイとしては成立しづらい。都会に積もりゆく人為の地層を眺め、街が激変を続ける様に怒ったりしんみりしたりするところに、散歩ものの妙味はあります。都会を散歩しながら思索を深める男のエッセイの系譜は、兼好法師『徒然草』から続いているようにも思うのでした。

目的もなく一人歩く散歩の世界に、目的を持って複数人で歩く、という新機軸を持ち込んだのが、赤瀬川原平でした。超芸術トマソンは、高度経済成長で激変する東京に取り残された変な現象を探す作業でしたが、赤瀬川は東京の変化を悲しむでも怒るでもなく、ただ採集

して愛でることによって、（山口瞳以外には）激賞されたのです。

赤瀬川は、『超芸術トマソン』や『東京路上探険記』といった著作を、エッセイのつもりで書いたわけではないのではないか、と私は思います。はからずもエッセイ賞を受賞はしたけれど、それは赤瀬川にとっては芸術活動の一つ。いわばアート作品を、山口はあくまでエッセイとして評価をしようとしたからこそ、「納得がいかない」という評になったのではないか。

アートの世界でデビューしながら、文筆活動も盛んに行っていた赤瀬川のように、エッセイ賞受賞者の中には、「本業は別にある」という人が多いものです。エッセイしか書かない専業従事者は極めて少なく、小説や詩や翻訳や脚本といった、他の文芸作品を執筆することに軸足を置きつつエッセイも書く、という人が多いのがエッセイ業界。

のみならず、第九回（一九九三）に『銀座界隈ドキドキの日々』で受賞したイラストレーターで画家でデザイナーの和田誠のように、文筆とは関係のない職業を持ちつつ名エッセイを書く人も、珍しくありません。他にも、東海林さだお（漫画家）はもちろんのこと、立川談春（落語家）、青柳いづみこ（ピアニスト）、長島有里枝（写真家）、小泉今日子（女優）等、様々な職業につく人々がエッセイ賞受賞者には名を連ねます。

長島有里枝の受賞作『背中の記憶』（二〇〇九）は三島由紀夫賞の候補作ともなっていますが、同賞は小説、評論、戯曲、詩歌を対象とした賞。本作は評論、戯曲、詩歌とは言い難いので、おそらく小説として評価されたものと思われます。そして以前、私が著者と話した時は、同著については実はエッセイだと思っていない、と言っていました。『背中の記憶』は著者の家族について書かれた作品ですが、記憶を文章にした時点で真実ではない部分が出てくるが故に、本人としてはエッセイではなくフィクションとして認識しているのだ、と。

吉行淳之介の受賞作は「実用書」と評されましたが、吉行の実用書も赤瀬川のアート作品も長島の小説も、本人の意思とは関係なく大胆に呑み込んでいくのがエッセイ。どんな立場の人がどのような作品を書いても、読む人がエッセイと判断すれば、それはエッセイになるのです。

エッセイを書く才能を持つ人は、おそらくどの職業にも一定の割合で存在しているのでしょう。野球や将棋とは違い、特に研鑽を積まなくとも、才能を持っていればすぐにプロと同等もしくはそれ以上のレベルで結実させることができるのが、エッセイです。

どうしたらエッセイストになることができるのか、と聞かれることがたまにありますが、そんなわけでかつては、「別のジャンルで一流になることが一番の近道」と、私は答えていました。芸能関係でもスポーツでも料理でも、何かの分野で有名になると「本を書きませんか」ということになり、そこでエッセイの才能を開花させることができるのでは、と。

そういった意味において、和田誠『銀座界隈ドキドキの日々』、第二十四回受賞（二〇〇八）の立川談春『赤めだか』は、有名人エッセイの典型例と言うことができます。

二冊はともに、著者の若き日の修業時代を描いたエッセイです。功なり名を遂げた人による若き日々の回顧というのは、有名人エッセイにおいて最も好まれる内容です。稀代のベストセラー『窓ぎわのトットちゃん』にしても同様のケースであり、有名人がどのようにして育まれたかを知ることが、読者としては嬉しいのです。

このタイプのエッセイの書き手として求められるのは、「一流の人」です。そのジャンルにおいて二、三流の人が、自身の修業時代や青春譚を熱く記しても、読者は興味を示さない。「一流の人がエッセイを書いたら、そちらでも一流だった」というのが、有名人エッセイの求められる姿でしょう。

『銀座界隈ドキドキの日々』は、著者が美大を卒業し、デザイン会社であるライト・パブリシティに入社してから独立するまでの日々を書いたエッセイ。会社が銀座にあり、誰に会ってもドキドキ緊張していたが故のタイトルとなっています。

『赤めだか』に描かれるのは、立川談志に惚れ抜いて入門し、真打を目指して奮闘する著者の青春時代です。天才にして奇才の師匠・談志に、くらいつくことができる弟子と、そうでない弟子の悲喜こもごもを活写する本書は、

「プロの書き手でもこの水準の書き手は、ほとんどいない」

と、福田和也氏に言わしめるほど（帯より）。

……とここで気づくのは、『銀座界隈ドキドキの日々』にしても『赤めだか』にしても、

「集団」を描いたエッセイであるということなのでした。ライト・パブリシティには、篠山紀信をはじめとし、広告デザイン業界草創期の錚々たるメンバーが集っている。会社以外にも、同世代の仲間として横尾忠則、谷川俊太郎、寺山修司……という綺羅星のごとき人々との交流が記されているのであり、当時の銀座界隈は梁山泊のような地だった模様です。

そして『赤めだか』には、立川談志というカリスマのもとに集った男達の泣き笑いが綴られます。個性的な集団について書く面白さは確実に存在するのであり、一般人には見ることができない、自身の所属集団の内情を披露するというのも、有名人エッセイの妙味の一つ。かつての物書きがわざわざグループを結成していたのもむべなるかな、という気がいたします。

対して、二〇一五年の第三十一回エッセイ賞受賞作『貴様いつまで女子でいるつもりだ問題』の著者であるジェーン・スーは、他のジャンルで有名人だったわけではなく、いわゆる一般人でした。そんな彼女がデビューしたのは、mixiに書いていた日記が編集者の目にとまったことがきっかけ。

素人《しろうと》である一般人がデビューへの足がかりにすることができる新人賞が存在する小説の世界とは異なり、エッセイの世界にその手の新人賞はほとんど存在しません。ですから、かつてはどれほど才能を持っていても、一般人が雑誌等にいきなりエッセイを書くことは難しかったのが、今はネットの発達によって、非有名人も文章を発表することができる場が出現。

「有名人エッセイ」ではなく「一般人エッセイ」というジャンルが拓かれたのです。

エッセイ賞受賞者の中で、ネットからデビューしたのは、ジェーン・スーのみとなっています。しかし今、有名人エッセイ以外では、エッセイの書き手の最大の供給源はネットなのであり、今後も「一般人エッセイ」の書き手は、増え続けることでしょう。何に属することなく書く人ばかりになったならば、かつての「つるんで書く」という男達の行為は、一種の伝統芸として再び輝きを取り戻すに違いありません。

女性とエッセイ

女性エッセイ今昔

「女性向けエッセイ」と分類された棚が、書店にはあります。「男性向けエッセイ」という棚は存在せず、エッセイのコーナーはしばしば、「エッセイ」と「女性向けエッセイ」に分かれている。「女性向けエッセイ」は文字通り女性向けであり、「エッセイ」は性を問わない〝人間向け〟なのでしょう。

小説の棚が、男性作家と女性作家の別になっている大手書店もあることを考えると、本の世界は意外にユニセックス化が進んでいないように思えます。書店の棚が人間の欲望を正確に映し出す鏡なのだとすれば、性別で分けられた棚の存在は、社会で未だ進まぬジェンダーフリーの現実を、感じさせるのでした。

「女性向けエッセイ」の棚に多く見られるのは、主に女性の著者が書いた、愛、恋、結婚にまつわる本です。結婚が必須ではなくなった今も、愛、恋、結婚に思い悩む女性は減らないことを感じさせる、それら〝アイコイもの〟の書籍群。アイコイもの書籍はピンク系統の装丁が多いため、他の棚よりもひときわ明度が高いのも、この棚の特徴です。

アイコイもの以外にも、ファッションやダイエット、家事等も、「女性向けエッセイ」の棚ではおなじみのテーマです。女にしかわからない楽しみや悩みって、あるのよね。……という空気が漂うこの棚ですが、似たような空気が漂うのは、ビジネス書の棚の前。女性向けビジネス書もわずかに見られるものの、そこは今も、「男は男同士」的空気が漂う場なのであり、男は仕事、女はアイコイというクラシックな感覚が、今も書店では守られているのでした。

「エッセイ」の棚にも、女性が書いた本は存在します。「女性向けエッセイ」の棚では、「いかに幸せに、楽しく生きるか」というハウツー本的な色合いの本が多いのに対して、「エッセイ」の棚に置かれる女性著者のエッセイは、文芸色が強い。幸田文や向田邦子、須賀敦子……といった書き手のエッセイは、「エッセイ」の棚に置かれるのです。

このような分類がいつから為されているのかは、定かではありません。が、若い女性向けのエッセイというジャンルの存在感を一気に世に知らしめたのは、一九八二年（昭和五十七）に刊行された林真理子のデビュー作『ルンルンを買っておうちに帰ろう』（以下、『ルンルン』）かと思われます。

『ルンルン』の刊行当時、著者は二十八歳。二十代の独身女性らしく、愛やら恋やら結婚やらについての記述が多いのは、従来の「女性向けエッセイ」と同様です。

しかし『ルンルン』には、従来のアイコイ系エッセイとは明らかに異なる歯応えがありました。林真理子は、ほんわかしたアイコイ話の裏側に溜まっている臭気や粘り気を外気に晒したのであり、『ルンルン』は「女性向けエッセイ」の棚と「エッセイ」の棚との間にある垣根を破壊したのです。

従来の女性向けエッセイと『ルンルン』は、どこが違ったのか。「週刊文春」での連載エッセイが三十七年続いたことがギネスに認定されたのを記念し、同誌で阿川佐和子と対談を行った折、林は「他人と同じことをしていたんじゃダメだ」という感覚で『ルンルン』を書いたと語っています。

「当時売れていた二大女性エッセイストが、落合恵子さんと安井かずみさん。その二人と似たようなことを書いても売れっこないって分析済みでした」

と。

落合恵子は、文化放送のアナウンサーとして在職中の一九七三年（昭和四十八）、二十八歳でエッセイ『スプーン一杯の幸せ』を出して大ヒット。やがて物書きに専念するようになります。また作詞家の安井かずみは、一九七〇年頃からエッセイも書くようになり、やはり若い女性達の人気を得ていました。

可愛い系の清楚なムードで「レモンちゃん」と呼ばれていた落合恵子も、いい女系でスタイリッシュな安井かずみも、書いている内容は、主にアイコイ。そして両者共に芸能界に近い立場にいたので、落合であれば沢田研二が番組のゲストでやってきた時の逸話が書かれたり、安井であれば加賀まりことサンモリッツにスキーに行った話が出てきたりと、エッセイに華やぎを添える交遊にも事欠かない。両者は共に、人気の「女性向けエッセイ」の書き手だったのです。

両者のエッセイには、性についての話題も書かれています。七〇年代は、女性の貞操意識に大きな変化が見られた時代であり、この時代の女性エッセイを読むと、「結婚まで処女を守らねば」といった意識は、もはやさほど強くなかったことがわかります。

とはいうものの、七〇年代の女性向けエッセイにおける性の話題の取り扱い方は、今の我々が読むと、あくまで行儀が良くてマイルド風味。若い女性が性をあけすけに書くには、まだたしなみが邪魔をしたのでしょう。

落合は一九四五年（昭和二十）、そして安井は一九三九年（昭和十四）ということで、両者は戦中の生まれです。戦争中は恋愛どころではなかった日本にも、戦後は恋愛自由化の波が押し寄せ、両者は新しい玩具としての恋愛や婚前セックスを、自由に楽しむことができた世代なのです。

落合は、『スプーン一杯の幸せ』で、

「いわゆる〝喪失《そうしつ》〟とやらを、ナニカの終わりと考えるか、新しい旅だちの第一歩と考えるかによって、女の一生は、幸福、不幸の比重は大きくかわっていくもの」
と、女性にとっての初めてのセックスについて書いています。処女を失うことは新たなスタートなのだ、と女性達を励ますその文章は、七〇年代に若い女性が書く文章としては、大胆だったのかもしれません。が、時が進むにつれて、そういった記述に物足りなさを感じる若い女性が出てきたと思われる。

その一人が林真理子だったのではないかと、私は思います。とはいえ新しい世代は、セックスについてのみ、赤裸々な記述を望んだわけではないでしょう。もっと心の奥底の、光が当たったことがない部分を、日に晒したい。……と書かれたエッセイが、『ルンルン』だったのではないか。

『ルンルン』のまえがきは、宣戦布告のような、はたまた新しい国家の樹立の宣言のような雰囲気を放っています。

「だいたいね、女が書くエッセイ（特に若いの）とか、評論っぽい作文に本音が書かれていたことがあるだろうか」

ということで、従来の女性エッセイスト達は、「文章を書くということにおいては、毛糸のズロースを三枚重ねてはいている」とも。そんな林は本文の中で、精神のパンツをあっさりと脱いでみせます。

『ルンルン』は、若い女性が若い女性に向けて書いたエッセイと思われていましたが、生々しさを漂わせずにパンツを脱いでみせる芸は、男性や若くない人々からも高く評価されました。この本は、ハウツー本的な「女性向けエッセイ」と、知性や教養を感じさせる「エッセイ」の間に、違うジャンルを拓いたのです。

『ルンルン』刊行の翌々年である一九八四年（昭和五十九）には、林と同い年の群ようこが、『午前零時の玄米パン』でデビュー。八〇年代末には、林や群より一歳年上の阿川佐和子も、エッセイの世界に参入します。かくして林真理子世代は一気に、女性エッセイの世界を牽引するようになるのでした。

林達は、前回触れたシラケ世代や新人類よりも少し年上ではあるものの、シラケ世代と同様に、学生運動の空気は吸っていません。が、若い男性達がシラケていたのに対して、女性達はシラケる暇がありませんでした。女性達には、考えなくてはならないことがたくさんあったのです。

戦後に恋愛が解放され、一九六〇年代の半ばには見合い結婚と恋愛結婚の割合が逆転すると、七〇年代には恋愛結婚の割合がどんどん高まり、八〇年代になると、恋愛結婚の割合が八割を超えます。それはすなわち、恋愛、結婚、そしてセックスをも自己責任で行う時代の到来ということでした。

さらに一九八〇年代は、仕事を持つ女性がぐっと増え、「女の時代」などと言われるように。アイコイ結婚セックス仕事……と、若い女性達は忙しかったのです。

林真理子世代のエッセイの書き手は、することも考えることもたくさんある女性達に、寄り添いました。彼女達のエッセイは決してシラケておらず、読者と同じようにジタバタする自身の姿を提示することによって、読者を励ましたのです。

『ルンルン』で林は精神のパンツを脱いでみせましたが、『ルンルン』以降の女性が書いたエッセイと、七〇年代までの女性向けエッセイとでは、書き手の恥部や暗部を晒す覚悟が、大きく異なります。安井かずみや落合恵子にしても、また小池真理子によるベストセラー『知的悪女のすすめ』にしても、はたまた一九七〇年（昭和四十五）に刊行されて累計二百万部を超える大ヒット作となり、映画化までされた曽野綾子『誰のために愛するか』にしても、著者本人は恥も汗もかいていないムード。

七〇年代の人気女性エッセイには、ちょっとしたうっかりエピソード程度は挿入されるものの、過去の暗部や心身の恥部は書かれていません。そこには「自らを嗤う」という自虐精神が存在しないのであり、七〇年代までの女性エッセイは基本的に、アイコイ結婚に迷える女性達を、スマートな女性エッセイストが導いてあげる、という図式なのです。

対して『ルンルン』以降の女性の書き手達は、自虐芸が基本のキ。『ルンルン』の、まえがきという名の宣戦布告にも、「ヒガミ、ネタミ、ソネミ」を描かない従来の女性エッセイストに対して、

「それがそんなにカッコ悪いもんかよ、エ！」

と、啖呵を切っています。『ルンルン』は世の女性達に、「醜い感情も、黒い過去も、持っていて当たり前」と思わせてくれました。

そこには著者の初体験についてなども書かれており、その堂々とした晒しっぷりに、多くの人がドキドキしながら拍手を送ったのです。しかし一方では、バッシングもあったようです。前出の阿川佐和子との対談では、

「女の手の内を明かすような真似をしていやらしい、なんて言われちゃって」

と林は語っているのであり、バッシングをしてくるのは異性ではなく同性だったのだそう。

『ルンルン』はそれほどまでに強い衝撃を世に与えたということかと思いますが、かくしてその後に続いた女性の書き手は、自身が抱えるネガティブ要素も、そしてそれに付随するダークな感情も、隠さず書くことが当たり前になりました。女性達は、誰かから指南を受けるためではなく、自分達と同じような問題を抱える女性から共感を得るために、エッセイを読むようになったのです。

『ルンルン』を契機として、八〇年代には女性エッセイの世界に大きなうねりが発生し、それは世のコラムブームとも合体することとなりました。が、そのような動きはこの時が初めてではありません。大正末期から昭和初期にかけても、女性エッセイ界は静かな盛り上がり

を見せていたのであり、次はそちらに目を移してみましょう。

大正末から昭和初期にかけては、自分の考えを散文として書く女性が目立つようになった時代です。一八九九年（明治三十二）の高等女学校令の公布により、日本では女学校の創設が相次ぎました。女子の教育レベルが上がり、女性誌も次々に創刊されるように。雑誌の作り手や経営陣は男性であっても、女性の執筆者が増えてきたのです。

特に一九一一年（明治四十四）に、平塚らいてうが中心となって創刊した「青鞜」は、女性が作って女性が書く、日本で初めての文芸誌でした。雑誌としては五年足らずほどしか続かなかったものの、らいてうのみならず伊藤野枝、神近市子、生田花世ら、自身の考えを書く女性達を多く輩出することとなります。

そんな中で一九二七年（昭和二）には、女性が書いた一冊の随筆が、大ベストセラーとなりました。それは九条武子の『無憂華』。六年間で、三百六十回以上も版を重ねることとなります。

九条武子は京都・西本願寺の大谷家に生まれ、九条家の男爵と結婚。美人としてその名が知られていますが、短歌も得意とする才色兼備のセレブリティでした。

『無憂華』は、一種のタレント本的感覚で読まれたところもあったようです。本人の写真も多数収録されていますし、本の見返し部分に、「著者九條武子夫人ブロマイド寫眞」が添付されている版も。随筆、歌日記、そして戯曲まで収められた本書は、「丸ごと一冊九条武子」の様相を呈しているのでした。

『無憂華』は、本邦初の女性エッセイのベストセラーと言うことができます。西本願寺の信徒達もその売り上げに貢献したと思われますが、全国的にその美貌を知られた名流夫人が、自身の生い立ちや心情を綴った書ということで、一般の人々の興味をもひいたのでしょう。

西本願寺での彼女は、ほとんど皇室かのような特殊なセレブ生活を送っていました。『無憂華』は、庶民の様々な興味をかきたてる本だったのです。

昭和初期には、岡本かの子、林芙美子といった個性派も、随筆を書くように。随筆のゆりかごである雑誌が多数存在している中、大正デモクラシーの自由な空気や、女権拡張の気運を知る女性達が、気持ちを筆に託していたのでしょう。

「エッセイブーム今昔」でも触れたように、女性文芸界の先達として与謝野晶子がいたことも、素直な思いを述べようとする女性達に影響を与えたのではないかと、私は思います。晶子は短歌の他に、随筆、評論も盛んに書いています。自分の考えをはっきり持つその存在感は、岡本かの子をして「女王」と言わしめるものでした。「青鞜」の創刊号に、「山の動く日来る」で始まる詩を寄せたのも晶子であり、らいてうから九条武子まで、その影響力は幅広かったのです。

九条武子にしても岡本かの子にしても、短歌が一種の教養として詠まれる時代、ものを書く女性達は晶子を通して、短歌と随筆の距離の近さを感じ取ったようにも思います。「エッセイブーム今昔」でも書いたように、そもそも平安時代から、和歌の詞書は随筆のように読むことができましたし、また歌日記というものも、随筆と極めて近い存在感でした。短歌が自分の心情の素直な表明と考えれば、短歌を詠む人は随筆にも親しみやすかったのではないか。

そんな中で、昭和初期には、日本で初めての専業エッセイストと言うことができる女性も登場しています。彼女の名は、森田たま。

森田は一八九四年（明治二十七）、札幌に生まれました。札幌高等女学校に入学するも、病気中退。しかしその頃に愛読していた雑誌「少女世界」が、彼女の未来を変えました。

当時の少女誌では、投稿欄において読者と編集部、はたまた読者同士のコミュニケーションが盛んに交わされていました。投稿欄は今で言うところのインタラクティブな場だったのであり、森田は「少女世界」への投稿がきっかけで編集者から声がかかったことから、十七歳にして上京し、文学の道を志すことになるのです。

何とも思い切った行動をとった森田ですが、明治の少女が少女雑誌に投稿するということは、今の若者がＳＮＳに画像や文章をアップして、誰かの目に留まらぬものかと期待するのと同じような行為だったのでしょう。

結婚、出産等を経て、森田が初めての著書『もめん随筆』を出したのは、一九三六年（昭和十一）。彼女は四十代になっていました。いかにも素朴な読み応えを感じさせるタイトルですが、自殺未遂、不倫、経済的苦境……といった彼女の多くの経験が、その文章には滲み出ています。著者が中年期以降になってから出た「初めての随筆」には名作が多いものですが、本書にもその味わいがたっぷりと詰め込まれているのです。

森田は「随筆」であることを意識して文章を書いたのであり、その後も、「○○随筆」「随筆××」といったタイトルの本を刊行していきます。彼女は、「随筆」を看板に掲げて書いた、日本で初めての女性と言うことができましょう。

今となってはその名を知る人が少なくなった森田ですが、彼女は当時の文壇で華やかに活躍していました。『もめん随筆』にも、内田百閒と共に芥川龍之介の家に行くと、その少し前まで柳原白蓮がいて、少し後には堀辰雄が来た……といった交友が記されています。彼女ははっきりとした自分の意見を持つからこそ随筆を書いたわけですが、晩年にはその気質をさらに生かすためか、参議院議員にも就任しているのでした。

このように昭和初期までには、様々な個性を持つ随筆を書く女性が登場しましたが、その動きは戦争によって沈静化します。戦争が始まると自分の考えを自由に表明することはできなくなり、随筆の舞台である雑誌も、次々と消えていくのです。随筆の世界で女性が再び活躍するには、戦争の終わりを待たなくてはなりませんでした。

こうしてみると、随筆／エッセイの世界で女性の活躍が目立つのは、豊かな時代であったことがわかります。林真理子達がデビューした八〇年代は、日本がバブルへの道を着々と進み、女性達は経済力を持って、行動範囲を広げていた時代。そして大正から昭和初期にかけても、国内は比較的平和で、大正バブルと後に言われる好景気もあった時代でした。

そしてそもそも、清少納言によって日本初の女性エッセイが書かれた平安時代もまた、平らかにして安らかな時代でした。食うや食わずであったり、戦乱の世であったら、女性達が「思いの丈をそのまま書いてみようかしら」などと思うことはなかったはず。

女性達の中に〝エッセイ欲〟が湧きがちな時代とは、すなわち平和な時代。日々の糧に困らぬ世だからこそ、かえって心の中の陰だの影だの湿り気だのが目立つようになり、彼女達はそれを晒け出したくなるのかもしれず、「女性向けエッセイ」の棚の幅は案外、平和のバロメーターとなるのかもしれません。

女性とエッセイ

一九九一年の第七回講談社エッセイ賞（以下、エッセイ賞）の受賞作は、須賀敦子『ミラノ霧の風景』と、伊藤礼『狸ビール』の二作。須賀は、エッセイ賞七回目にして初の女性受賞者であり、伊藤は吉行淳之介に次いで二人目の二世受賞者（父は伊藤整）となっています。

エッセイの世界における二世問題については稿を改めるとして、今回のテーマは女性とエッセイ、としてみましょう。エッセイは女性が多く活躍するジャンルという印象がありますが、エッセイ賞では第六回までの受賞者は、すべて男性。また、第十二回で関容子が受賞するまで、女性受賞者は須賀だけという状態が続きました。

三十四年にわたり続いたエッセイ賞の、全五十三人の受賞者の男女比を見てみると、女性は二十人（三七・七％）であるのに対して、男性は三十三人（六二・三％）。そこは意外に、男高女低の世界でした。

しかし時系列で見ていくと、初期の受賞者は前述のように男性ばかりであるのに対して、最後の方はぐっと女性が増えています。最初の十回（一九八五～一九九四）と、最後の十回（二〇〇九～二〇一八）を比較してみれば、

八五年～九四年　男性　一四人（九三・三％）
　　　　　　　　女性　一人（六・七％）

〇九年～一八年　男性　六人（三七・五％）
　　　　　　　　女性　一〇人（六二・五％）

ということで、最後の十年は女高男低に逆転しているのでした。

エッセイ賞の初期に、女性受賞者が極端に少なかったのは、何故なのでしょうか。その頃、文筆の世界にはまだ女性が少なかったのかというと、当然ながらそうではありません。同じ一九八五年～一九九四年の直木賞、芥川賞の受賞者を見てみると、直木賞では男性が七四・二％、女性が二五・八％。芥川賞では男性が五五％、女性が四五％ということで、特に芥川賞では女性受賞者が半数に迫っています。言わずもがなのことではありますが、女性の書き手は、当たり前に存在していました。

エッセイ・随筆を対象とした他の賞の男女比はどうなっているかも、見てみましょう。日本エッセイスト・クラブ賞は、一九五三年の第一回目から、二〇二二年の第七十回目までの全一九二人の受賞者の中で、男性は一四一人（七三・四％）、女性は五一人（二六・六％）と、や

はり男高女低。余談ですがこの賞の女性受賞者の内訳を見ると、二世すなわち文学者の娘の比率と、女性俳優比率が高いのが特徴であり、この辺りについてもまた追って、触れてみたいと思います。

読売文学賞の随筆・紀行賞は一九六七年から始まっていますが、二〇二一年度までの受賞者五三人中、男性四一人（七七・四％）、女性一二人（二二・六％）と、こちらも七割を超えて、八割近い男性率です。エッセイ／随筆関係の「賞」は、イメージほどに女性が進出している世界ではないようです。

そこには、選考委員の男女比も関係していましょう。エッセイ賞は、第十四回（一九九八）に林真理子が就任するまで、四名の選考委員は全員、男性でした。それが、二〇一〇年からは、選考委員は男女二人ずつに。二〇一四年以降は、男性二人に女性三人と女性の方が多くなったのであり、女性受賞者が男性受賞者よりも多くなった現象とリンクしているのです。

日本エッセイスト・クラブ賞の審査委員経験者を数えてみれば、男性一二三人（八五・四％）に対して女性二一人（一四・六％）と、やはり圧倒的に男性多数。受賞者の約四分の三が男性というのも、納得できるところです。

歴史ある文学賞においては、初期の選考委員は全員、男性であることがほとんどとなっています。直木賞で言えば、第九十七回（一九八七）に就任した田辺聖子と平岩弓枝が、初の女性選考委員。芥川賞でも、同年に就任した大庭みな子と河野多恵子が、初の女性選考委員です。読売文学賞においても、長らく男性選考委員のみだった中に河野多恵子が入ったのが、一九八四年のことでした。

「女の時代」と言われた一九八〇年代には、文学賞においても「ここらで女性選考委員を入れなくては」という気運が高まったのかもしれません。しかし同時期に誕生したエッセイ賞は、おそらくは主催者側の事情などがあったのでしょう、男性作家のみで構成されていたのでした。

エッセイは、自身の感情や行動をそのまま書く（ということになっている）ジャンルですので、男性が書いたものは男性に、女性が書いたものは女性に、より響きやすい傾向はあろうかと思います。たとえば、エッセイ賞が設立されたのと同じ一九八五年には、子育てエッセイの嚆矢とされる伊藤比呂美『良いおっぱい悪いおっぱい』が刊行されています。育児書の類ではない、子供を産み育てる女性の生理と心理とを綴った書としておおいに話題となりましたが、ではこの本がエッセイ賞の候補となっていたとしたら（候補作は非公開）、丸谷才一や大岡信といった男性選考委員達は、心底グッとくるものだろうか、と思います。会陰切開やら母乳やら中絶やらといった文言の前に、彼等の腰はピクリと引けたのではないか、と。

林真理子『ルンルンを買っておうちに帰ろう』（一九八二）についても、私は同じようなことを思うのでした。若い女性の心の中を、ぐるりと裏返しにしてみせたこのエッセイは大評判となり、著者をスターの座に押し上げましたが、この本は文学賞的なものとは無縁です。

まえがきにある、

「だいたいね、女が書くエッセイ（特に若いの）とか、評論っぽい作文に本音が書かれていたことがあるだろうか」

という文章は、宣戦布告のように読むことができます。従来の女性エッセイは、やたらとおしゃれで、その書き手は「本の中ではやたらパンツ脱いで男と寝ちゃうけれど、文章を書くということにおいては、毛糸のズロースを三枚重ねてはいている感じ」。だから、

「とにかく私は言葉の女子プロレスラーになって、いままでのキレイキレイエッセイをぶっこわしちゃおうと決心をかためちゃったのである」

と、執筆当時二十八歳だった林は宣言。その宣言通り、女のヒガミ、ネタミ、ソネミや「お金と名声が大好き」といった心の叫びから、セックスの初体験までを見事にさらけ出して、世に衝撃を与えました。

若い女性のエッセイがヒットしたのは、『ルンルン』が初めてではありません。前にも触れたように一九七八年には、当時二十五歳の小池真理子による『知的悪女のすすめ』がベストセラーとなり、知的悪女ブームが到来。

「女は複数の男を同時に愛せる」

「不倫の関係ほど充実したものはない」

といった、当時としては刺激的な文言が並び、そんな本を若い美人が書いているというこ

とで話題となったのです。

『知的悪女のすすめ』は、著者自身が「知的悪女」であるという前提で書かれています。その上で、読者に知的悪女としての生き方を推奨しているのであり、

「『避妊せよ』と男に向かって断固言うべし」

「女は徒党を組むな！　一人で生きよ」

と、命令のような指導のような内容となっている。

対して『ルンルン』は、下から目線を貫いています。良い思いをしている人に嫉妬し、容貌には自信がなく、キラキラしたものに憧れ、様々な欲を隠さない。『知的悪女のすすめ』も林からすると「キレイキレイ」のエッセイになろうかと思いますが、従来の若い女性のキレイ目エッセイには存在しなかった自虐の要素と、そこから上を目指そうという野心みなぎる姿勢が、革命的でした。

『ルンルン』の文庫版解説では、高橋睦郎が、『ルンルン』の「お手柄」の一つとして、

「現代の言文一致の達成」

を挙げています。

「明治の美妙斎や二葉亭のいわゆる言文一致体が、いまや日常口語から遊離した文章語という意味で一種の文語体だとすれば、それに則る現代の文筆家の文体も精確には文語体であって、現代の言文一致は林真理子の出現を待たなければならなかった、といえば、賞めすぎ

か」

と。

ここで思い出すのは、一九八六年にエッセイ賞を受賞した景山民夫を井上ひさしが「新しい言文一致運動家」と評し、昭和軽薄体という言文一致文体が隆盛を極めたのもまた一九八〇年代であった、ということです。男性だけが言文一致エッセイをものしていたのではなく、同じ時期に女性もまた、言文一致体でエッセイを書いていたのです。

八〇年代の言文一致エッセイの勃興は、時代の空気と深く関係していたことでしょう。『知的悪女のすすめ』の小池真理子のプロフィールには、

「高校・大学時代ノンセクト・ラジカル派に属し、〝要注意人物〟としてブラックリストにものったことがあるが、現在このエネルギーを評論活動にそそいでいる」

とありますが、著者は学生運動の最後の方に触れた世代。同書の結びも、

「女は、一人一人が、自分自身の知的悪女の道を歩かねばならない。その道だけが、本当に〝女性の解放〟と〝女性の自由〟に到達する道だ、と信じるから――」

というものであり、そこからは七〇年代のウーマンリブ運動の残り香が漂います。対して、小池より二歳年下の林の『ルンルン』からは、その手の感覚は一掃されています。若者が社会や国を思って怒っていた時代は終わり、「自分のため」に生きる時代となったのが、八〇年代だったのです。

その時に生まれてきたのが、自分をさらけ出し、自分を嗤《わら》うことに適した八〇年代風の言文一致体だったのではないでしょうか。若者たちは七〇年代までにさんざ怒った末に、今度は自分のことも世の中のことも、笑いに変換していくようになったのです。

そのような新しい動きをすくい取るためにエッセイ賞は創設されたのではないかと推測する私ですが、しかし女性の本音エッセイ的な作品が受賞作となることは、ながらくありませんでした。女性初の受賞者は、前述の通り須賀敦子。自分をぶっちゃける八〇年代風言文一致とは全く異なる、静かな理知的文体で書かれた受賞作『ミラノ　霧の風景』は、著者のイタリア在住時代の思い出を綴ったエッセイであり、年配の男性作家の心には響きやすかったものと思われます。

選評において、全選考委員が賞賛を寄せている中でも、特に丸谷才一が絶賛しているのは、納得のいくところでしょう。

「ゆるやかにそしてみづみづしく流れる須賀さんの文章は、ヨーロッパの散文の論理性と明確さとをきれいに学び取つて、日本語に新しい輝きと豊かさとをもたらした。この人個人の才能を遅ればせながら知つたことはもちろん大きな喜びだつたけれど、それにもまして嬉しいのは、われわれの国語がこのやうに陶冶性を持つてゐると教へられたことである」

ということで、『ミラノ　霧の風景』は、ヨーロッパ文化に対する深い理解が通奏低音として流れる作品です。

丸谷は、須賀の才能を「遅ればせながら知った」と書きましたが、一九九〇年に刊行された『ミラノ　霧の風景』は、自身の著書としては最初の作品（訳書はあり）です。この時、須賀は六十一歳。没したのは一九九八年、六十九歳の時ですから、書き手として活躍したのは、九年ほどの短い間でした。

若いとは言えない年齢になってからエッセイを書き、その作品が世に絶賛されたものの、早くに他界。決して多くはない著作は、既に古典のような存在感を放つ。……という須賀敦子の軌跡を見て私が思い出すのは、向田邦子です。

山本夏彦をして、

「向田邦子は突然あらわれてほとんど名人である」

と言わしめた向田は、編集者やライターの経験の後、ドラマの脚本家として活躍していた時に、初めてのエッセイ集『父の詫び状』を刊行しました。

それは一九七八年、向田四十八歳の時のこと。一九八〇年には五十歳で直木賞を受賞し、翌年に飛行機事故によって、五十一年の生涯を閉じます。『父の詫び状』の連載期間を含めても、作家としての生活は足かけ六年ほどに過ぎませんが、その作品は死後四十年が経った今も愛され続け、ほとんど古典のようになっている。

須賀敦子と向田邦子は、はからずも同じ一九二九年、昭和四年の生まれです。そのファースト・ドリップとして、長く生活したイタリアでの思い出を書いた須賀と、昭和の日本の家族の思い出を書いた向田の芸風は大きく異なりますが、しかしその最初の一滴の落ちかたは、似ている気がしてなりません。

須賀敦子は、大学院中退後、パリへ留学した後に一旦帰国し、三十歳を前にイタリアへ留学します。イタリア人男性と結婚し、翻訳等を手掛けますが、夫が病死。日本に帰国後、大学教授をしている時に『ミラノ　霧の風景』が刊行されました。

須賀によるエッセイ賞「受賞の言葉」には、

「この世には読むほうの人間と書くほうの人間があって、自分は読むほうなのだと、ずっと信じていた。いや、そう、あきらめていたのかもしれない。だから未練がましく、外国語にかまけたり、翻訳に逃げこんだりして、時間をかせぐような生きかたばかりしてきた」

とあります。自分の作品を書くようにと友人から勧められたけれど、

「それでもまだ、私は逃げまわり、さいごの抵抗として、読むほうの人間のふりをしたままで、『ミラノ　霧の風景』を書きはじめた」

のだ、と。

本と創作する人々との近くに身を置き続け、「時間をかせぐような生きかた」をしてきたという須賀は、創作に対する意欲は密かに、心の中に抱いていたのでしょう。ようやく時が満ちて生まれたのが、『ミラノ　霧の風景』でした。

一方の向田邦子は『父の詫び状』のあとがきに、エッセイを書くことになった顚末を記し

ています。乳癌の手術をして、退院後に受けたのが、「銀座百点」からの短文の執筆依頼。手術の影響で右手を動かすことができない時期ではあったものの、テレビの仕事を休んでいたこともあり、

「こういう時にどんなものが書けるか、自分をためしてみたかった」

と、その仕事を引き受けます。

「誰に宛てるともつかない、のんきな遺言状を書いて置こうかな」

という気持ちで、左手で書き始めたのだ、と。

向田の最初のエッセイは、「のんきな」とはあるものの、「遺言状」でした。『父の詫び状』は、それまでの向田の人生が詰まった最初の一滴だったのです。

勢いに満ちた、そして時代の空気をたっぷりと孕んだ若者のエッセイは、時に世の中に大きな衝撃を与えます。強い味わいのそれらは読者を、時代の空気に酔わせてくれる。

対して須賀敦子や向田邦子のエッセイは、氷雨も慈雨も、長年の間にたっぷりとしみこませた土壌を、満を持して掘った時に湧き出る透明な泉のような読み物でした。水の味に流行りすたりは関係しないからこそ、時代が移り変わっても彼女達の作品は読み続けられているのではないか。

二人は、泉が涸れる気配を微塵も感じさせないままに、世を去ります。人生の後半になって初めてエッセイという手段に触れた書き手であるからこその熟成された豊かさを、その作

品は今も世に示し続けているのでした。

女性とエッセイ・海外篇

須賀敦子と向田邦子は同じ年に生まれたと前回書きましたが、しかしその作風は異なります。イタリア在住時代のことを多く書いた須賀敦子は国際派。対して自身の生育家庭について書いたエッセイが印象に残る向田邦子は、日本的なイメージがあるものです。

エッセイの読み心地は大雑把に言うと、「へーえ！」と「あるある」に二分されると私は思っているのですが、海外在住経験を持たない多くの日本人は、海外について書かれたエッセイを、

「へーえ！　そんなことがあるの」

「へーえ！　なるほど」

という感慨と共に読むものです。海外経験のみならず、特別/特殊な体験や知識をベースとして書かれたエッセイが「へーえ！」系となりましょう。

一方の「あるある」系エッセイは、誰もが経験している一般的な事象の中から、一般的すぎて目にもとまらないことや、言葉にはされていなかった感情を抽出し、

「こういうことって……、あるある」

という納得感を読者にもたらします。

前者は、読者に新鮮な刺激や知識をもたらすという意味で、サプリメント的な役割を果たします。一方で後者のエッセイは、読者が腹の中に溜めているものを、「共感」を通して日に晒して揮発させるという、デトックス的効能を持っているのでした。

「あるある」と言うと軽く聞こえますが、『枕草子』の類聚《るいじゅ》的章段、すなわち「ものづくし」と言われる章段がその祖だとするならば、「あるある」は日本エッセイの伝統芸。

たとえば、「もののあはれ知らせ顔なるもの」として、

「眉抜く」

が挙げられているのを読めば、現代人も「眉を抜いている時の顔って、確かに『もののあはれ知らせ顔』だわね」と思い、「むつかしげ（むさくるしい、鬱陶しい）なるもの」として、

「猫の耳の中」

との一文を見て、「そうそう！　猫の耳を裏返すと確かに色々ぐちゃぐちゃしてる」と、膝を打つ。

同じように向田邦子のエッセイで、

「台風がくるというと、昔はどうしてあんなに張り切ったのであろう」（『霊長類ヒト科動物図鑑』）

と読めば、

「そういえば台風の日って、皆がやけに生き生きとしだすものだ」

と我々は思い、

「海苔巻の端っこは、ご飯の割に干ぴょうと海苔の量が多くておいしい」（『父の詫び状』）

という部分には、

「巻き寿司や羊羹の端っこって、確かに私も好きだわ」

と、端っこ欲をそそられるのです。

向田邦子は、「着物の袂に溜まったほこりのようなものを書きたい」といったことを、かつて語ったそうです。袂に知らず知らずのうちにほこりが溜まってしまうように、心の隅にはいつの間にか、名付けられない細かな感情の澱がたまる。それを浮かび上がらせ成仏させて、読み手の気持ちをすっきりとさせるのが、「あるある」系のエッセイなのです。

ほこりをしげしげと眺めれば、そこには鋭い棘もあれば、どす黒いゴミも、きらりと光るゴミも混ざっています。吹けば飛ぶような灰色のほこりをほぐせば、様々なものが絡まりあっていることをも、「あるある」系エッセイは教えてくれるのでした。

一方の「へーえ！」系といえば、海外エッセイの他にも、特殊な仕事や憧れの仕事に就く人がその仕事について書く業界エッセイ、深い教養と専門知識を持つ学者によるエッセイなどが思い浮かびます。が、一般人が知り得ないことのみをただ書いているだけでは、それは単なる記録や教科書のようになってしまうもの。

「へーえ！」系の書き手の中でも高い人気を得る人や息長く執筆を続ける人は、特別な体験や特別な知識の中から、誰もが納得し得る普遍性を導き出す手腕に長けています。その抽出作業があるからこそ、特殊な体験や学術的知識は「エッセイ」になるのではないか。

ほこりのように取るに足らない事象の中から特別な粒を見出す「あるある」系エッセイと、特別な体験の中から普遍性を抽出する「へーえ！」系エッセイは、ネガとポジの関係性にあります。向田邦子と須賀敦子という同い年の二人は、その対照的関係をもっともわかりやすく示していましょう。

須賀敦子は、一般人には経験し難い経験を若い頃から積んでいます。カトリック系のミッションスクールである聖心で小学校から教育を受けた彼女。須賀の幼少期には父親が一年間、欧米を旅行しているのであり、海外に対する意識も涵養《かんよう》されやすい環境であったようです。

須賀は聖心女子大学卒業後、フランス政府保護学生として留学しますが、留学中に旅行をしたイタリアにより強く惹かれ、日本に帰国後、今度はイタリアに留学しました。三十二歳でイタリア人男性と結婚しますが、結婚五年にして夫は病気で他界。その後日本に戻り、大学で教鞭をとる中で一九九〇年に出版した初のエッセイが、『ミラノ　霧の風景』でした。

フランスとイタリアに留学して国際結婚をするというのは、昭和一桁生まれの日本女性としてはかなり特殊な人生です。旅行しただけでは知り得ないイタリアの風景や生活が須賀のエッセイには描かれるのですが、しかし我々が最終的に感銘を受けるのは、どこの国であろうと変わらない、生きることに対して誠実な人間の様子です。須賀は、見映えのする海外事情を切り取るのでもなく、また外国と比べて日本を卑下したり持ち上げたりするのでもなく、国の「際」を溶かして、人間そのものを見ています。

イタリアに住み、イタリア人と結婚した経験を持つ書き手といえばもう一人、塩野七生が思い浮かぶことでしょう。須賀が人物からイタリアそしてヨーロッパを見たのに対して、塩野は国の歴史の中から、人間を見ています。「私」が出てくる分量が少なく、その分「へーえ！」感の強いその著作は、歴史書的な色合いの濃いエッセイなのでした。

エッセイの世界に大きな足跡を残している、イタリアに縁の深い女性二人。のみならず、第二十七回（二〇一一年）講談社エッセイ賞（以下、エッセイ賞）受賞者である内田洋子もまた、やはりイタリア在住が長い女性であり、受賞作である『ジーノの家　イタリア10景』をはじめとして、イタリアでの経験についての書を多くものしています。そして漫画家で人気エッセイストでもあるヤマザキマリもイタリア在住が長く、夫はイタリア人。

エッセイの世界において、イタリア勢の活躍はなぜ、目立つのでしょう。洒落てはいるが気取ってはおらず、深い歴史を持つ先進国でありつつ弱さを併せ持つ部分が、日本人と馴染み深いのか。……などと考えてみるのですが、イタリア勢女性の活躍がエッセイ界で目立つ理由については、今後の研究がまたれるところかと思われます。

海外エッセイの書き手は、とはいえイタリア勢ばかりではありません。エッセイ賞三人目の女性受賞者である米原万里は、共産党員で国会議員も務めた父親の仕事の都合で、九歳から十四歳までをチェコスロバキアのプラハで過ごした帰国子女。プラハではソビエト大使館の付属学校で学んだためロシア語に堪能であり、デビュー二作目『不実な美女か貞淑な醜女《ブス》か』は、通訳としての経験から書いた業界エッセイでありつつ日本語論であり、かつ海外エッセイでもあるのでした。また近年大活躍のブレイディみかこは、イギリス在住でアイルランド人の夫を持っていますし、コミックエッセイというジャンルを拓いた小栗左多里のヒット作はその名も『ダーリンは外国人』であり、夫はアメリカ人。

このように、長年の海外在住経験を持っていたり、外国人の配偶者を持っていたりすることによって海外の事情に通じている書き手によるエッセイが、日本では高い人気を得ているのでした。グローバル化が進んだと言われてはいますが、今も「海外を知る人」の視線は、貴重なのです。

そこにはいくつかの傾向を見ることができますが、一つめは海外エッセイの書き手の居住地やゆかりのある地は欧米が多い、ということ。先進国での経験がエッセイに生かされているのであり、アジアやアフリカ、中南米等の在住経験を持つ人のエッセイは、存在はするもののの少数派。日本人が「へーえ！」とか「ほほう！」と感心・納得する対象は未だ、欧米であるようです。

この手のエッセイの書き手には女性が多いところも、目につきます。もちろん男性が海外体験について書いてヒットした作品も、多々存在するのです。たとえば堀田善衛『インドで考えたこと』（一九五七）、北杜夫『どくとるマンボウ航海記』（一九六〇）は、その道の古典。渡航自由化前の海外エッセイは、気軽に海外に行くことができない当時の日本人に、おおいに刺激を与えました。

渡航自由化後も、海外エッセイは人気を博します。例の、「随筆」を「エッセイ」に変えたという伊丹十三『ヨーロッパ退屈日記』（一九六五）は、タイトル通りヨーロッパの体験記ですし、藤原正彦『若き数学者のアメリカ』（一九七七）も、面白い。海外旅行や留学がぐっと手軽になった平成になっても、林望『イギリスはおいしい』（一九九一）といった大ベストセラーが登場しています。

彼等は皆、業務による海外滞在経験をベースにしてエッセイを書いています。堀田善衛は、一九五六年の晩秋から翌年の年初にかけて、第一回アジア作家会議に出席するためにインドへ行きましたし、北杜夫は水産庁の漁業調査船の船医としての体験を書きました。そして伊丹十三は映画撮影のためにヨーロッパに行き、藤原正彦や林望は大学で研究のため海外に滞在したのです。

彼等はもともと本職を持っており、その仕事の都合で海外に行きました。それは日本に帰ることが確実な一時的な滞在であり、エッセイ執筆当時は独身だった人も、多少のラブ・アフェアはあっても、現地女性と結婚して住み着くといったことがないのは、森鷗外と同様。そして日本に戻ってから、海外で見聞きしたことを書いたのです。

対して女性の海外エッセイの書き手達は、「仕事の都合で」というよりは、仕事も無いままに、自主的に海外に行っている印象を受けます。米原万里は帰国子女ですので親の仕事の都合ですが、須賀敦子、塩野七生、ヤマザキマリなどは学生として留学。ブレイディみかこのように、ふらりと（という感じで）渡英して働き始めるというケースも見られます。

そのまま海外に住み、現地の人と結婚や出産・子育てをしている人も多い、女性の書き手。彼女達を見ると、帰ってくることを前提に業務のために行った男性よりも、現地に深く浸っている印象を持ちます。

この男女差の背景には、色々な事情がありましょうが、概して「女の方が自由」だから、という理由があるのではないか。

例えば私はかねて、「なぜ帰国子女の『女』は目立つのに対して『子』すなわち男性は目立たないのだろうか」と思っていました。元帰国子女の「女」は、海外経験を生かして華やかな活躍をするケースが多いけれど、「子」すなわち男性はどこにいるのか、と。

帰国子女の教育に詳しい方にかつて聞いたところによると、男の子の場合は、子供が大きくなってくると「やはり日本で教育を受けさせたい」と日本に帰すケースが目立つのに対して、女の子の場合はそのまま海外で教育を受けさせるケースが多いとのこと。「女の子は自由にさせてもいいけれど、男の子は日本で偉くなるように生きてほしい」という親の心理が、特にグローバル化が進む以前には見られたようです。

海外に留学する日本人学生の数も、女性の方が圧倒的に多いのでした。「日本人学生留学状況調査」によると、二〇〇四年の調査開始以降、現在に至るまで、女子留学生の数が男子留学生の二倍ほど、という状態が続いています。須賀敦子達の時代はまた状況が違ったでしょうが、後先考えずに海外へ行くという意欲そして蛮勇は、日本では女性の方が男性よりも強いのではないか。そして、「日本で偉くなること」を男性のようには期待されていない女性の方が、海外へ出て行きやすいという事情もあるのでしょう。

今回、名前を挙げた海外エッセイの書き手の多くは、一九六〇年代以前の生まれです。彼女達が若かった頃は今以上に、性別によって「こうあるべき」という感覚は強かったはず。男性は日本で役立てるために海外で経験を積み、女性は自分のために自由に海外に出て行く傾向が強かったのではないか。

エッセイの書き手を見ていると、国際結婚をしているのは女性ばかりという印象を持ちますが、厚生労働省の人口動態統計で日本人の国際結婚の数を見ると、外国人の配偶者を持つ数として圧倒的に多いのは、男性です。それというのも、日本人男性がアジア人女性と結婚するケースが多いから。

男性の場合、中国、フィリピン、タイなどのアジア諸国の女性と結婚するケースが多いのに対し、アジア諸国の男性と結婚する日本人女性は、ぐっと少ないのでした。

二〇一七年のデータで見れば、たとえばフィリピン人女性と日本人男性の結婚は三六二九件に上るのに対して、フィリピン人男性と日本人女性の結婚は二一六件。それがアメリカになると、アメリカ人女性と日本人男性の結婚は二三五件であるのに対して、アメリカ人男性と日本人女性の結婚は一〇七二件なのです。

これらの数字から浮かんでくるのは、国の経済力と、ジェンダー格差の関係性です。男が上で女が下という序列が世界中で残っているからこそ、男性が国際結婚をする時は、自国より経済力が下の国の女性を相手に選ぶ傾向があり、女性の場合はその逆になりがち。欧米の国々へ移り住んで現地の男性と結婚し、人気エッセイストとなる女性が多いのに対して、そのような人生を送る日本人男性があまりいないのは、その辺りの事情も関係しているような気がします。日本社会においては女性が男性と比べて期待されておらず、であるが故に自由に人生を選択することができたからこそ、海外エッセイの名手に女性が多いのではないか。

昨今、日本の経済力が低下しつつありますが、さらに経済力が低下しながらジェンダー格差の是正が進まないならば、海外系女性エッセイというジャンルはさらなる隆盛を見るのでしょう。

そんな女性達の流れをたどっていった時、私の視界に入ってくるのは、林芙美子の姿なのでした。下関に生まれ、福岡、尾道、東京……と転々とした芙美子。『放浪記』は、生きるためにあちこちを流れていった記録です。

芙美子の初めての上京は、尾道の女学校を卒業した直後でした。大正時代、若い女性が男性を追って単身上京するというのは、今の海外留学と同等もしくはそれ以上に大胆な行動でしょう。「えいや」と故郷をとび出し、その様を書いて世に問うた女性は、この頃にも存在していたのです。

『放浪記』のヒットで流行作家となった芙美子は、中国、パリ、ロンドンと、毎年のように海外へ赴きました。日中戦争勃発後は、「女流一番乗り」として南京へ。さらには「ペン部隊」の一員として漢口へ行って従軍。太平洋戦争の開戦後は、報道班員として、約八ヵ月を、南方の占領地で過ごしました。

ペン部隊募集の通知を見た芙美子は、

「是非ゆきたい。自費でもゆきたい。ならば暫く向うに住みたいと願っていたところです」

と思ったと、東京朝日新聞で語っています。「中支の生活が『動』の感じで興味があります。女が書かなければならないものが沢山あると思ってます」とも。

戦争という極めて特殊な事象をこの目で見ずにはいられないというエネルギーが、そこには渦巻きます。そして芙美子が戦地へ行って、見て、描いたものもまた、国と国との関係というよりは、一人一人の兵士から滲む、普遍的な心情。そこには、須賀敦子と共通する精神があるようにも私は思うのでした。

作家の娘のエッセイ

文筆の世界には、文筆家の父を持つ「娘」達が、数多く存在しています。吉本ばなな、江國香織、井上荒野、三浦しをん……と、人気者の名前がずらりと並ぶ。

エッセイの世界でも、それは同様です。と言うよりもエッセイの世界こそ、文筆家の娘達の活躍が最も目立つ場。

たとえば、第十五回講談社エッセイ賞（以下、エッセイ賞）の受賞者の、阿川佐和子・檀ふみ。受賞作である共著『ああ言えばこう食う』は、食べ物についてのエッセイですが、食に対して強いポリシーを持つ二人の父親像が背景に存在することによって、食べるという行為の深さが、見えてきます。

日本エッセイスト・クラブ賞に目を転じれば、受賞作には森茉莉（『父の帽子』）、萩原葉子（『父・萩原朔太郎』）、大平千枝子（『父　阿部次郎』）、中野利子（『父　中野好夫のこと』）というように、文筆家の父親について書いた「亡父もの」エッセイが目立つのです。

医者の子が医者になり、公務員の子が公務員になるなど、親子で同じ、もしくは似た分野の仕事に就くケースは、珍しいものではありません。農家や政治家等、土地なり地盤なりを継ぐことによって世襲される仕事も、あるものです。

しかし個人の才能が重視される分野において、親子が同じような仕事に就いて共に成功するのは、なかなか難しいようです。たとえばプロ野球の世界において、スター選手の息子が父と同等もしくはそれ以上の活躍をした、という事例はあまり聞きません。ゴルフやサッカーにしても、そうでしょう。

そんな中で文筆の世界においては、名のある人達の子女、それも特に娘達が活躍するケースが目立ちます。文才は遺伝するのか、それとも他の要因があるのか……？

最も身近な人である親の仕事に子が親しみを持ちやすいことは、事実かと思います。たとえば、一九六〇年代から七〇年代にかけて、『天国にいちばん近い島』等のエッセイで一世を風靡した森村桂も、作家（豊田三郎）の娘でした。

「高級作文」と揶揄する人もいたものの、エッセイは軒並みベストセラーとなり、テレビ番組の司会にも抜擢されるほどの売れっ子となった森村桂。大卒女性の就職がまだ困難で、同級生達の多くは大学卒業後にすぐ結婚していく中で、やっと就職したものの会社員生活に適応できずに悩んだ彼女が文章を書こうとしたのも、父親の仕事と無関係ではないことでしょう。『天国にいちばん近い島』にしても、彼女の大学時代に他界した父親がかつて言った、「南の地球の先っぽに天国にいちばん近い島がある」との言葉に刺激されて行ったニューカレドニアへの旅を書いたエッセイです。

現実的なことを言えば、作家の子女の場合、父親が他界した時に、

「お父様のことを書いてみませんか」

との誘いを、編集者から受けがちです。亡父についてのエッセイを、一般人の父のもとに生まれた子が書いたならば自費出版をすることになりますが、作家の子女の場合は、商業出版を前提として書かれることになる。家族しか知らない有名作家の素顔を、読者は欲しているのです。

中には、一般人である父親のことを書いたエッセイが多くの人に読まれるという、向田邦子のような例もあります。とはいえそれは特別な感性を持つ書き手だからこその話であり、やはり高名な父を持つケースの方が、読者は父親像をはっきりと脳裏に描きやすい。作家の父親という存在は、子女にとっては大きな題材となるのです。

文筆家の子女が文筆家になるケースが目立つという事実の背景には、環境の問題もありましょう。文才が遺伝するのかどうかはわかりませんが、文筆家の家庭には本が多く、本を読む習慣も身につきやすいに違いない。父親がなかなか家に戻ってこないとか、早くに死別しているといった事情はあったとしても、文化的な環境の中で育つことによって文章の才や、

書くことへの興味が芽生えるのかもしれません。

文筆家の子として生まれると、親が自分について書く、という状況にも直面しなくてはなりません。室生朝子の『父　室生犀星』には、室生犀星が『杏っ子』の連載を開始する時、

「いよいよ、『東京新聞』の夕刊に、君のことを書くことになったよ。そのつもりでいてほしい」

と言われ、

「お父様の俎《まないた》の上にのった以上、私は何を書かれても、なんでもありませんわ、どうぞお好きなように料理して下さってよ」

と答えた、とあります。

また太田治子は、父親の太宰治に一度も会ったことはありませんが、『斜陽』のモデルとなった女性の娘であることから、高校生の時に編集者から勧められ、『手記』を執筆。単行本の帯には、

「太宰治の遺児、17歳になった〈斜陽の子〉が万感をこめて綴った生い立ちの記」

とあるのでした。

自身のことが親の本に書かれている、もしくは書かれているかもしれない、という時、子としてはいやが応でも、親の仕事に興味を抱かざるを得ないでしょう。一般家庭の子よりも、書くこと、読むことに対して鋭敏な感覚を持つようになるのも、当然のこと。

ではなぜ、親も子も文筆系の仕事に就くケースにおいては、「父と娘」のパターンが多いのでしょうか。「女流」という言葉が使用されていた頃までは、男性作家の方が女性作家よりも圧倒的に多く、文筆家の「母」を持つ子は少なかった、という事情がそこにはありますす。岡本かの子について書く岡本太郎、有吉佐和子について書く有吉玉青といった例はあれど、文筆家の「父」を持つ子の作品群と比べると、明らかに少ないのです。

それではなぜ、「父」について書くのは、多くの場合、「娘」達なのでしょうか。文筆家の父を持つ「息子」が、書く仕事につかないわけではありません。エッセイ賞の第二回受賞者である吉行淳之介（父・吉行エイスケ）、第七回受賞者の伊藤礼（父・伊藤整）は、そんな「息子」の一例。さらにさかのぼれば、森鷗外の息子も、夏目漱石の息子も、父親についての思い出を書いているのです。とはいえやはり、親について書く「息子」達よりも「娘」達の方が、目立っている気がしてならない。

文筆家の子女によるエッセイの可能性を最初に日本に示したのは、明治の文豪・幸田露伴の娘である幸田文かと思います。幸田文が文章を書き始めるより前に、森於菟、小堀杏奴といった森鷗外の子女達が父についての文章を発表していますが、作家の子女の力を初めて本格的に示したのは、幸田文なのではないか。

文の娘である青木玉、孫の青木奈緒と、四代にわたって文筆の才が引き継がれていることも知られていますが、幸田家の才能が繫がっていく最初の一歩は、露伴の死によってもたらされました。

一九〇四年（明治三七）に生まれた幸田文は、幼い頃に生母と死別。露伴はほどなくして再婚します。再婚した妻の家事能力に満足できなかった露伴は、文に厳しく家事全般を指南しました。文は二十四歳で結婚して長女・玉を出産したものの、離婚。玉と共に実家に戻り、露伴の死まで、再び生活を共にします。

露伴が世を去ったのは、一九四七年（昭和二二）のこと。四十二歳だった文は、父の死の直後から、父についての文章を書くようになります。父の看取りの記録、そして父との思い出を記した初の著作『父　その死』が刊行された時、文は四十五歳になっていました。

文筆に関しては素人の、いわば普通の中年女性だった文は、遺伝のせいか環境のせいか、書く才能を持っていました。娘でしか知り得ぬ文豪の生き様や、娘に対する徹底した家事教育の様が綴られる文章は素人ばなれしたものであり、人気を得るのです。

しかし文は、一九五〇年（昭和二五）に、「私は筆を絶つ」との談話を発表するのでした。

露伴の死の少し前、ある人から文章を書くことを勧められた時、「父のことも子供のことも忘れ果ててぼう然とする位」嬉しかったという、文。露伴に叱られてばかりでいつもオドオドし、「私というものが認められることは全然なかった」人生だったからこそ、「〝私に〟といって、書くようにすすめられた」ことが心底嬉しく、「私はこの時にはじめて人の愛に触れたと思いました」というほど。

そうして父の死後、約三年ほど文章を書いてきたけれど、気づけば書くためにした努力は、「父が死ぬまでの間私が生き抜くためにして来た努力に比べれば、それは努力とはいえない底のものでした」。すなわち、露伴の意に沿うようにと、家事や介護に身を尽くしていた時と比べれば、書くための努力は全く足りなかった。それでは「本当の文章」とは言えず、「書くことをやめる以外ありません」と決心した、と言うのです。

三年の間には編集者や読者から愛されたということで、

「文の一生にもとうとう愛されたということがあったと思えば、もうこれからだれに愛されなくても私には満足です」

と、まるで出家でもするかのような言葉も。

幸田文は、粉骨砕身の努力の日々を送っていないと罪悪感を感じるように父から躾けられた、と言うこともできましょう。が、同時に彼女は、父について書くことによって名声や金銭、そして愛を得ることに、居心地の悪さを覚えていたのではないか。

「私は筆を絶つ」では、とはいえいずれまた書きたくなる日が来るかもしれない、とも語る文。しかしその時には、

「父の思い出から離れて何でも書ける人間としてでなくてはなりません」

ということなのです。身を削るような努力をせずに書く自分に対する納得できない気持ちだけでなく、亡父の思い出ばかりを書き続けることへの疑問も溜まっていったからこその、

「私は筆を絶つ」だったのではないか。

原稿を依頼されることによって「私」として存在することを許された気持ちになった文は、この時にもう一度、父のくびきから離れて「私」を見出すべく、断筆宣言を行いました。その後、五十代を迎えてから本格的に執筆を再開した文は、かつての宣言通りに、日々の暮らしについての随筆や、小説を書くようになるのでした。

亡父もののエッセイを書く子女達の中には、亡父ものを書いた後は、仕事として書くことを続けない人もいます。が、書き続けることを選んだ子女達にとって、亡父の話との距離の取り方は、難しい問題となるようです。親の影をどう越えるか、もしくは越えずに抱え込んでいくかは、文筆家だけでなく、親と同じ道を選んだ全ての人に突きつけられる問題ですが、幸田文は亡父の思い出をいったん封印することによって、書き手としてさらなる飛躍をすることとなりました。

幸田文とは反対の道を進んだのは、作家の子女界においては幸田文と並ぶスターである、森茉莉です。森茉莉の作家人生もまた、亡父ものの随筆である『父の帽子』を書くことから本格的に始まっていますが、父のことを書くことに躊躇する姿勢はその後も見られず、むしろ「父と娘」は、茉莉にとって生涯のテーマとなるのです。

森茉莉は、一九〇三年（明治三六）生まれ。一九〇四年（明治三七）生まれの幸田文とは同世代になります。が、同じように大作家の娘として生まれ、中年期以降に亡父ものの随筆によって注目されて作家人生をスタートさせるという人生を送りつつも、二人のあり方は対照的です。

前述の通り、原稿の依頼によって初めて愛される実感を得た幸田文が、

「私はほんとに父に愛されたかった」(『父』)

と書くのに対して、父から惜しみない愛と賞賛を受け続け、父を「恋人」と書くことに躊躇しない茉莉。書くことに自分がどれほど努力しているのか、と悩んで断筆宣言する文と、「努力というものを母親の胎内に置き忘れて来た」(『私の美の世界』)、茉莉。日本風の生活を父から仕込まれている文と、ヨーロッパの文化を愛する茉莉……。

結婚が決まったならば、文は露伴から「ひとに頼るな」「一人でしろ」と言われ、高島屋の婚礼衣装売り場に単身で行っているのに対して、鷗外が博物館へ調べに行くまでして考えた図案の振袖を誂えてもらう茉莉。……と、面白いほどに正反対の二人は、結果的に見ると、それぞれの父親からそれぞれの方法で、書き手になるべく種子を植え付けられていたと言うことができます。

もちろん露伴も鷗外も、作家にしようと思って娘を育てたわけではありません。ただ、二人がそれぞれの方法で娘を愛した時、愛し方も愛の分量も、他の家庭と比べたならば極端すぎたが故に、娘の精神は深く耕され、後になってそこから芽が出て、大きく育っていったのではないか。

露伴が娘に施した鍛錬は、娘に「父から愛されていない」と思わせるほどの厳しさであり、露伴は自身の思う鋳型に娘をはめ込みました。娘もまた型にはまるべく努力をし、父の没後は、身につけた型を生かした暮らしにまつわる随筆を書く一方、型を打ち壊す作品をも書いていったのです。

一方の鷗外は、茉莉の精神を剪定せずに養育しました。ふんだんに愛を浴びる一方で、鷗外の人生と家庭の複雑さも感じとっていった茉莉もまた、独自の花を咲かせることとなりました。

作家の子女界の二大カリスマである幸田文と森茉莉は、極端な厳父と極端な慈父の下に育ったが故に平均値から大きくずれ、そのずれ幅を生かして文筆の世界に漕ぎ出しました。厳父は日本風の型を、慈父は西洋風の愛を娘に与えたわけですが、両者がそれぞれの娘に与えたのは、日本の家庭内に流れる二つの空気を煮詰めたものではなかったか。

文筆家の「娘」達が文筆家になりがちという事実の背景には、この辺の事情があるのではないかと、私は思います。

型にはめ込むにしても、溺愛するにしても、相手が「息子」である場合、父親としてはそこまで極端な形で行うことは難しいでしょう。もし実施したとしても、男同士の場合は、そこに反発や「父を乗り越えねば」という気持ちが生じがち。個人の才能が評価される世界だからこそ、文筆家の「息子」達は直接対決を避けて、他の土俵を選択することが多いのではないか。

文筆家の家庭の極端さは、今も文筆家の子女達のエッセイの中に見て取ることができます。たとえば、現代を代表する「作家の娘」である阿川佐和子もまた、エッセイの中でしばしば、厳父について記しているのでした。父である阿川弘之の没後、

「父について書けとの仰せである。そういう日が来るであろうことはずっと以前から予測していた」

ということで書かれた『強父論』にも、父の強権ぶりがユーモアと共に示されている。

この、「ユーモアと共に」という部分は、明治生まれの幸田文・森茉莉の時代とおおいに異なるところです。幸田文が露伴の厳しさを、森茉莉が鷗外の愛を「笑う」ということは考えられません。対して、明治時代よりは親子関係が平板化してきた時代においては、厳しい父を持つ娘も、その厳しさについてユーモアを交えて書くことができるようになっていたのです。阿川佐和子が文章を書くようになった頃は、既に重々しい随筆ではなく、ライト化したエッセイの世になっていたからこそと言うこともできましょう。

昭和の人気作家の娘達は、幸田文・森茉莉世代の前例があるせいか、作家の家庭のユニークさの扱い方に慣れているようにも見えます。阿川佐和子は『強父論』で、

「これでもウチはまともなほうだ。遠藤の家を見ろ、北(杜夫)の家を見ろ」

と、父が口癖のように言っていた、という話を披露。それを聞いた遠藤周作に、

「嘘つけ、冗談じゃない。娘までおかしくなってきたぞ」

と言われていたとのこと。作家の娘は、自身の家庭の極端さを客観視する術を身につけているのです。

北杜夫の娘（であり斎藤茂吉の孫）である斎藤由香もまた多くのエッセイを書いていますが、北杜夫との共著である『パパは楽しい躁うつ病』においては、父の「躁うつ病」がいかに大変かを、明るく語っている。昭和の人気作家の娘達は、父親が生きているうちから、父親の大変さ、極端さを、笑いと共に世間に示すことができるようになったのです。

とはいえ、作家の娘という立場は、やはり大変のよう。檀ふみは前出『ああ言えばこう食う』に、

「二人とも『作家』を父親に持って、地雷を踏む危険と隣り合わせの少女期を送った」

と書いていますが、同書の著者二人のように作家の娘同士で親交を結ぶのは、同じ境遇でないと理解できないものがあるが故の自助サークルのようなものかもしれません。

そういえば森茉莉も、萩原葉子と室生朝子とは仲が良かった模様。その三人でテレビやラジオに出る時のことについて、

「この場合は父親について訊かれるのにきまっていて、私たち三人は永遠に父親について喋らされるので、種切れになり、平べったくカチ〳〵になり、横っ腹が破けた歯磨きのチューブのようになっているのを又もや一生懸命に絞り出すのである」（『幸福はただ私の部屋の中だけ

に』）

と書いています。

父の愛を書くことには躊躇しなかった森茉莉も、このエッセイを書いた時は六十代。父の思い出を語らされることには、種切れ感を覚えていたようです。「永遠に父親について喋らされる」ということも、作家の娘達にとっては「あるある」事例なのではないか。

これからも、文筆家の子女達が文筆の道に進むというケースは、出てくることでしょう。しかしもしも今、幸田露伴のように娘を躾けたならば、虐待とされかねません。家族が上下関係ではなく横並びとなり、仲良し親子が増える中では、文筆家の子女達の作風もまた、変化していくに違いない。

今後は女性の書き手の増加により、文筆家の「母」を持つ子女が文筆家となるケースも、増えましょう。さらには男女の性差が平均化することにより、「娘」だけでなく「息子」達も、そして娘と息子のあわいを漂う人も親のことを書くようになっていくであろうことを考えれば、文筆家の子女がどのようなエッセイを書くかは、今後も日本の家庭の変化を示す事例となっていくのだと思います。

消えた一世風靡エッセイスト②

森田たま

森田たまのデビューは遅い。文学の道を志して、北海道から東京へと出てきたのは弱冠十七歳の時であったが、その後、結婚、出産、関東大震災等を経て、初めての随筆集『もめん随筆』が昭和十一年（一九三六）に刊行された時は、四十二歳になっていた。

『もめん随筆』は評判となり、女性の随筆家として、たまは売れっ子になる。着物のこと、日々の暮らしのことなどが書かれた『もめん随筆』は、「もめん」が醸し出すイメージ通り、日常で気づいたあれこれを記した、気取りのない随筆ではある。着物の柄が使用された装丁を見ても、この時代における生活系の随筆を書く女性だったのか、という印象を受けるのだ。

しかし森田たまは、「もめん」という言葉のイメージとは、少々異なる存在感の女性だったようだ。その作品タイトルは、『随筆きぬた』『きもの随筆』等、和風で素朴な印象のものが多いが、性格は素朴というよりは、かなり華やかだった模様。

『もめん随筆』が売れて以降のたまは、雑誌の座談会や文学者の集まりに頻繁に顔を出す、人気のマスコミ人となっている。人好きな性格だったのであろう、自宅では作家、芸能人、政治家、アーティストといった、今で言うところのセレブ達を集めた「森田サロン」「森田家パーティー」と言われる集いをしばしば開催し、参加者達からは「ママ」と言われて慕われていた。

　没後に出された追悼文集『わたしの森田たま』に収められた娘による文章は、追悼文というより、今で言うなら毒親の告発的な内容も含まれているのだった。大阪に住んでいる時は、「子供が大阪弁をしゃべるのはいやだ」ということから小学校に入学させてもらえなかった、家事は女中に任せていたので自分は母親に弁当を作ってもらったことはない、といった記述がそこにはある。子供にとってはなかなか大変な親でもあったらしいたまは、「着物好き」といった保守的なイメージとは異なり、型にはまらぬ人だったのだ。

　参議院議員選挙に自民党から立候補した時は、周囲の反対もかなりあったようだ。しかし、文学の道に進むために十代で北海道から上京してきたたまは、好奇心と行動力、そして野心を持つ人。当時はほとんど外国のような地であった北海道の出身であるというところも、彼女にエトランゼ的な視点を与えたに違いない。そんな彼女は選挙に当選した後も、議員としての日々を、しっかりと随筆に書いているのだった。

　森田たまは、時代を観察し、時代と共に生きる近代の女性エッセイストの第一号だったが、そんな彼女の名前が今、ほぼ忘れられているのは、時代と共に生きたからこそだったのかもしれない。たまと十歳違いの幸田文は、時代が変わっても変わることのない人間の普遍性を描いたが、たまはあえて、時代と共に生きて書く道を、選んだのだろう。

エッセイの未来

旅とエッセイ

本書の冒頭でも触れた『土佐日記』は、平安中期に書かれた、日本で最も古い旅日記とされています。いわば旅エッセイの祖といった存在ですが、「男もつけている日記とやらを、女の私もつけてみましょう」と書いているのは女ではなく男の、紀貫之。

男性がその業務について漢文で記録したものが、当時の「日記」でした。それは個人的感慨を書くものではありませんでしたが、貫之は地方官として赴任していた土佐から京都へ戻る五十五日間の旅路において思ったことやあれこれの体験を、書き残したいと思ったようです。

そこで彼は、文章上での女装を思いつきました。女のふりをして、女の文字であるかなを使い、女のように私的感情を書いてみようではないか、と。

旅をしている時の気持ちを書き残す手段としては、和歌というものもありました。が、和歌が一つの場面を切り取る写真的な手段であるのに対して、散文は映像のようなもの。映像のように多くの事物を記録することができ、詳しい心情をも書くことができるのです。

旅エッセイというジャンルの開拓者である、紀貫之。日常から離れた地での思いや経験を書きたいという気持ちを持つのはどの時代の人も同じであり、その後も日本人は、旅について書き続けました。

近代になってからは海外にも行くことができるようになり、ますます旅エッセイは人気となりましたが、しかしその流れを中断することとなったのは、第二次世界大戦です。

戦争中、国民に出されたのは、「不急不要」（当時はこう言われていた模様）の旅はしないように、とのお達し。限られた燃料や資材は、物見遊山《ものみゆさん》の旅のためではなく、軍事目的に供出されるべきだったのです。戦況が悪化すると物資不足で鉄道路線の休止が相次ぎ、国内の移動も極めて困難に。疎開《そかい》等のための移動はあれど、いよいよ旅などしている場合ではなくなりました。

しかし、したくても旅ができなかった時期があったことは、結果的に言えば戦後の旅エッセイの隆盛をもたらしたのではないかと、私は思っています。

たとえば一九五二年（昭和二十七）に刊行された、内田百閒の『阿房列車《あほうれっしゃ》』。こちらは日本の鉄道紀行の祖とされる書ですが、子供の頃から鉄道を愛し続けていた百閒が、六十歳を過ぎて初めて鉄道紀行のシリーズを書いたのも、その頃になってようやく、列車のダイヤが戦前並みに回復してきたからでした。
「なんにも用事がない」のに、ただ汽車に乗るという行為は、戦争中には許されるはずもなかったのであり、百閒は戦後になってようやく、自身の鉄道愛を文章上で花開かせることに。百閒が拓《ひら》いた鉄道紀行の道を、後に宮脇俊三や阿川弘之等、多くの人が進むことになります。

次に海外の旅へと、目を転じてみましょう。敗戦の痛手が少しずつ回復すると、日本は一九五〇年代の半ば以降、高度経済成長期に入ります。その頃のベストセラーリストで目につくのは、海外における探検記のような書でした。

一九五六年(昭和三十一)であれば、梅棹忠夫の『モゴール族探検記』や、槇有恒を編者とする『マナスル登頂記』が。一九五八年(昭和三十三)には西堀栄三郎『南極越冬記』、一九六〇年(昭和三十五)には川喜田二郎『鳥葬の国』といった本が、いずれもベストセラーとなっています。

アフガニスタンを訪れた『モゴール族探検記』や、「秘境ヒマラヤ探検記」とのサブタイトルがついた『鳥葬の国』は、文化人類学のフィールドワークとして行われた探検の書。『マナスル登頂記』は、日本に近代登山を導入したとされる槇が隊長を務めた山岳隊が、ヒマラヤのマナスルに初登頂した記録です。日本人が初めて八千メートル峰に登頂したということで、映画になるほどの話題となったのが、マナスル初登頂でした。そして『南極越冬記』は、日本隊が南極において最初に越冬を行った時の記録。

この時代に話題になった海外渡航関係の書は、旅というよりは探検的な行為についての記録が中心でした。戦争中、行きたくても行くことができなかった海外でのフィールドワークや登山がようやく再開されたからこその現象でしょう。

この時期、一般の日本人は、自由に海外を旅行することができませんでした。日本人が海外に持ち出すことができる外貨の規制は戦中から続いており、実質的に日本人が海外旅行をすることは不可能。日本人の海外渡航は、業務関係や留学等、公的な目的を持ったものに限られていたのです。

同時期に刊行されてベストセラーとなった渡航者による書としては、堀田善衛『インドで考えたこと』(一九五七)や北杜夫『どくとるマンボウ航海記』(一九六〇)があります。が、これらの書も、旅行ではなく業務に伴う渡航について書かれていていたことは、以前もご紹介した通り。

この時代、極地や奥地や高地での探検記がよく売れたのは、それらが、普通の人々は一生行くことができない地を紹介する本であったからでしょう。かつ、探検隊や登山隊や越冬隊といった特殊な地を旅する人々は、日の丸を背負ってもいました。探検本は、「日本人でもこんな偉業が達成できるのだ」と、当時の人々に誇りを与えたのです。

日本人の海外渡航自由化、すなわち外貨の持ち出し規制が緩和されたのは、一九六四年

（昭和三十九）のことでした。東京オリンピックの開催年ということもあり、外国や外国人に対する日本人の夢や希望は、事前に着々と高められていたようです。

海外ものの旅エッセイもまた、海外への夢や希望を刺激するのに一役買ったことでしょう。たとえば一九六一年（昭和三十六）に刊行された、小田実『何でも見てやろう』は、ベストセラーに。

この本は、当時二十代の著者が、アメリカからヨーロッパ、アフリカ、アジアと、世界中を一人で旅した記録です。自由化前になぜそのような旅ができたのかというと、小田はフルブライト留学生としてハーバード大に留学していたのでした。

エリート学生と言うこともできる小田は、しかしスラムに寝泊まりすることも躊躇しません。砕けた文体で何事も包み隠さずに書く文章からは、「私」が溢れ出るのであり、その辺りが日の丸を背負ってミッションに挑んだ登山隊や越冬隊の記録とは異なるところ。『何でも見てやろう』は、その後のバックパッカー達にも多くの影響を与える書となります。

翌年に刊行された小澤征爾《おざわせいじ》『ボクの音楽武者修行』は、若き日の著者が、音楽修業を積みながら欧米を渡り歩く様子が痛快なエッセイです。小田と同様に小澤も、明るく人好きのする自身のキャラクターを存分に生かして様々な門を開いていくのであり、才能溢れる若者が海外で羽ばたく様子は、新しい時代の到来を日本人に感じさせたことでしょう。

しかし「私」の感覚で旅エッセイを書く小田や小澤が、日の丸から完全に自由になっていたのかといえば、そうではありません。両者は共に、心の柔らかな少年期を戦争中に過ごした世代。

「ひとつ、アメリカへ行ってやろう、と私は思った」

と、小田は『何でも見てやろう』を軽く書き出していますが、あらゆるものを見ることによって、小田は西洋を通した日本、のみならず諸外国を通した日本と日本人とを、考え続けます。

小澤征爾の場合は、本当に「日の丸を背負って」いました。小澤はスクーターと共に貨物船に乗り込んだのですが、富士重工からスクーターの提供を受けた時の条件の一つが「日本国籍を明示すること」。マルセイユに上陸して以降、日の丸をつけたスクーターで走り続けたのが、「世界のオザワ」の武者修行の日々だったのです。

海外渡航自由化以降に話題となった伊丹十三『ヨーロッパ退屈日記』（一九六五）となると、日の丸臭はすっかり消えています。伊丹十三もまた、小田、小澤と同じく戦争中に少年時代を過ごした世代です。が、彼の場合は緊張も、がっつく様子も無く、ヨーロッパ生活を楽しんでいるのでした。

京都師範男子部附属国民学校時代、優秀な子供達と共に、軍命で特別に英語教育を受けていた伊丹。中でも伊丹は語学の才を持っており、教師よりもよほど発音が良かったのだそうう。

評判を呼ぶ旅行記の書き手はたいてい、恵まれた立場にいたり、物怖じをしない性格や特殊な行動力を持つ、いわば旅エリートですが、それに加え語学力を持っていたことも、伊丹の強みでした。「体当たり」の悲壮感なくヨーロッパを歩き、それを「退屈」とさえ言ってしまう伊丹の格好良さが、当時の日本の青年達に衝撃を与えたのです。

渡航が自由化されたといっても、まだ一般の人が気軽に海外に行っていた訳ではありません。旅慣れていなかった日本人は、国内を旅する時も、団体旅行が中心。しかし若者の間では自由な旅への欲求は高まっていたのであり、一九六〇年代後半から、「カニ族」ブームが発生しています。

大型リュックを背負って国内を歩き回る、今で言うバックパッカーが、カニ族。一九七〇年には、国鉄が個人旅行の需要を喚起すべく「ディスカバー・ジャパン」キャンペーンを行ったり、七〇年代になれば、キレイ目女子達がアンノン族として旅に出るようになったりと、少しずつ個人として旅をする人が増えていきます。

海外旅行は、まだ団体旅行が中心の時代が続きましたが、そんな風潮に変化が見られるようになったのは、一九七〇年代の末頃でした。個人旅行者向けの海外ガイドブック「地球の歩き方」の刊行が、一九七九年（昭和五十四）にスタート。エッセイの世界では、玉村豊男『パリ　旅の雑学ノート』（一九七七）の登場が、印象的です。

敗戦の年に生まれた玉村は、小田、小澤、伊丹といった海外旅行エッセイ第一世代より、十歳ほど年下。パリ大学に留学するなど、パリ滞在経験が豊富です。『パリ 旅の雑学ノート』は、しかし紀行や旅日記というよりも、パリの日常をいかに過ごすかについてのガイドブックなのでした。名所旧跡については一切記されていないけれど、カフェの種類や構造から娼婦の分布図までが、面白い読み物として成立している。

それまでの海外旅行エッセイでは、しばしば「こんなに行動力のある自分」「こんなに現地の人に受け入れられている自分」のアピールが目立っていましたが、本書からは既に、その辺りのアクが抜けています。今風に言うなら、「暮らすように旅するパリ」が記されているのであり、読者は個人旅行経験者、もしくは個人旅行に憧れる人。旅エッセイが新しい段階に入ったことを感じさせる本なのでした。

玉村はその後、八〇年代コラムブームにおいても大活躍をしています。海外旅行エッセイに軽みを持ち込んだその手腕が、コラムブームともマッチしたのでしょう。

一九八〇年代になると、もはや海外へ行くことへのハードルはなくなります。渡航が解禁となった一九六四年に十二万人余だった年間の海外渡航者は、一九七九年に四百万人を超え、一九九〇年には一千万人を突破。バブルが崩壊しても、減少傾向に転ずることはありませんでした。

八〇年代以降は、多くの作家が様々な切り口で海外旅行記を書くようになります。それらのエッセイは「夢の旅」として読まれたというよりは、読者に「自分も、こんな旅ができるかもしれない」と思わせるものだったのです。

一九八六年（昭和六十一）にシリーズ第一作が刊行された沢木耕太郎『深夜特急』もまた、若者がどんどん海外に出るようになった時代に、おおいに参考とされた書です。沢木が実際にアジアからヨーロッパへと向かうユーラシア大陸の旅をしたのは、第一作の刊行より十年ほど前のことでしたが、『深夜特急』は、バブルへと向かう時代に海外を目指す若者にとって、憧れの指南書となったのです。

のみならず開高健の旅、村上春樹の旅、椎名誠の旅……等々、有名作家が書くそれぞれに個性的な紀行は、読者の旅心を刺激しました。今の若者が旅人のＳＮＳを見て旅の情報を得るように、当時の若者は作家達の旅エッセイを読んで、自分はどんな旅をしようかと、思い描いたのです。

旅のスタイルが百花繚乱《ひゃっかりょうらん》となっていった時代に、時代とは逆行するような旅エッセイを書いたのは、武田百合子です。武田泰淳夫人である百合子の『富士日記』（一九七七）は、初の著作にして、唯一無二の名作。

武田夫妻は、富士山麓の別荘と東京の家を行き来する、今で言う二拠点生活をしていました。山荘での日々を描いた『富士日記』は、紀行であると同時に、日常を描き切ってもいる、相反する読み応えを持つ書です。

また一九七九年（昭和五十四）に刊行された『犬が星見た』は、著者にとって人生初の海外旅行について書いた本。夫の泰淳、その親友の竹内好と共に百合子が参加したのは、添乗員がつく団体旅行「六九年白夜祭とシルクロードの旅」でした。

旅の名手達が書く旅エッセイでは、予定外の寄り道やハプニングがしばしば発生します。が、百合子達の旅はパッケージツアーですから、旅程はお任せで、物事は予定通り進むのでした。名所観光をこなし、お仕着せの定食を食べながら、旅は進んでいく。

しかしそれは百合子の視線を通して描かれることによって、特別な旅に見えてきます。夫であれその親友であれ、ツアー参加者の老人であれ旅先のレストランの店員であれ、人間性の芯の部分が浮かび上がってくるのです。

旅のエッセイには、いくつかの流れがあるものです。小田実や沢木耕太郎のように、世界中を自由に旅する人々。内田百閒から宮脇俊三へと連なる、鉄道紀行。普通の人には行けないような場所の探検をして文章を書く人は、戦後のみならず今も少なくありませんし、登山エッセイにしても、そうでしょう。

対して武田百合子は、完全に独自な旅人でした。一ヵ月もの長い団体旅行を書いて読者を引っぱり続けるその文章の力は、努力して身につくものではなさそうであり、むしろ百合子は旅ではなく、何か別のものについて書いていたのではないかと思わせるほど。

担当編集者であった村松友視は、『百合子さんは何色』（一九九四）において、百合子について「詩人の魂で散文を書いていた」と書きました。詩人の魂は、団体旅行をも昇華させ、唯一無二の作品としたのです。

そういえば紀貫之も、当代一流の歌人、すなわち詩人の魂を持つ人でした。詩人が拓いた道であるからこそ、詩人の魂は存分に羽ばたくことができたのか。同じようなエッセイが再び現れることはなかろうと思いつつ、旅を長く禁じられた後、すなわちコロナ明けには、また全く新しいスタイルの旅のエッセイを書く人が登場する気がしてなりません。

食とエッセイ

講談社エッセイ賞（以下、エッセイ賞）の歴代受賞作品の中に、食に関するエッセイを何作か見ることができます。

たとえば第四回、一九八八年の受賞作は、嵐山光三郎の『素人庖丁記』。すでに昭和軽薄体の余韻は見えないこの作品は、『食通知ったかぶり』の著者でもある選考委員の丸谷才一をして、

「あれだけみんなが書いて書いて書きまくつたあげく、食べもの随筆の手はもう盡きたらうと思つてゐたのに、嵐山さんは平然として新種の藝を見せてくれた」

と言わしめる書。

著者が住んでいた下宿において、筍《たけのこ》が畳の隙間から生えてきた、という逸話から始まる本なのですが、その筍を食べようとした著者は、当時編集者として担当していた檀一雄のやり

方で、筍を料理するのでした。

檀一雄は、言わずと知れた『檀流クッキング』の著者。男性作家が料理レシピについて書くエッセイの先駆者です。

娘である檀ふみが、阿川佐和子との共著『ああ言えばこう食う』でエッセイ賞を受賞したことは、前にもご紹介した通り。佐和子の父・阿川弘之もまた、食に関する本を書いていることを考えれば、文筆の才と同じく、食べることへの興味や意欲も、子に伝わりやすい資質なのでしょう。

幸田文・森茉莉という作家子女界の二大巨頭も、しばしば食について書いたのであり、そこには親の影響を色濃く見ることができます。しかし食について書くことは、大作家やその子女の専売特許ではありません。人は皆、食べるという行為を日々繰り返すのであり、食べることには、家族の記憶が密接に絡まっている。誰もが自分なりの食への思いを持っているからこそ、「食」はエッセイの世界において「みんなが書いて書いて書きまくつた」一大テーマとなっているのです。

明治の頃から食に関する本は存在したものの、食にまつわる随筆／エッセイが本格的に花開いたのは、戦後のことでしょう。内田百閒『御馳走帖』は戦後すぐの一九四六年（昭和二十一）に刊行され、昭和三十年頃からは、小島政二郎『食いしん坊』、邱永漢『食は広州に在り』、吉田健一『舌鼓ところどころ』といった、様々な個性を持つ食エッセイが評判となります。

『食は広州に在り』は、日本統治下の台湾に生まれ、日本語教育を受けた著者による書。中国、香港、台湾、日本を股にかけて生きる著者は、刊行時まだ三十代でした。

石井好子『巴里の空の下オムレツのにおいは流れる』（一九六三）、林望『イギリスはおいしい』（一九九一）等、海外の食について紹介する書はたまにベストセラーとなりますが、本書はその先駆け。それも、海外ものエッセイの多くが欧米について書かれる中で、中国を題材にした数少ないヒット作でもあるのでした。

『食は広州に在り』の文庫版解説で丸谷才一は、同書が刊行された昭和三十年代初めを、高度経済成長期が始まった頃であると同時に「戦後の窮乏期がようやく終りかけようとしているころ」だったとしています。「飢えの記憶が生ま生ましくて、そのくせやっと腹がすかなくなった時期」に出たのが同書であり、またその翌年に刊行された吉田健一による日本各地の食紀行『舌鼓ところどころ』だったのだ、と。

昭和四十年代半ばになれば、高度経済成長による自然破壊や公害などにより、「飢えの恐怖はもう一度せまって来た」。そんな中で刊行されたのは吉田健一『私の食物誌』や、檀一雄『檀流クッキング』であり、「われわれはまだ、飢えの不安や恐怖をソースとしないかぎり、美食の本を味わうことができないらしい」ともあるのです。

戦前の味を記憶に持ちつつ、戦争による飢えの恐怖をも知っている人々が、戦後になって食料不足が解消してきた中で記したのが、池波正太郎等も含めた高度経済成長期における食エッセイ群ということになりましょう。読者もまた、戦争の記憶を胸の中で転がしながら、美食エッセイを美味しく読んだのではないか。

『舌鼓ところどころ』の最初の章に記されるのも、戦時中に街で食べた、得体のしれない肉を煮たものの味や、海軍にいた頃の食料事情、そして戦後の闇市の味。戦時の食についての記述は、諸国の味めぐりの前に頓服する、苦い胃薬のような役割を果たします。

『舌鼓ところどころ』には、戦時の食料難を経験しているが故に、戦後、「旨いものを食べることが旨いものを食べることではなくて、一種の趣味になり掛けている」ともありました。本当ならば食べ物の話をするのは恥ずかしいことであるはずなのに、食について語ることが「何か高尚なこと」になってきている、と。

高度経済成長期の食エッセイ群に共通しているのは、この「食について書くことへの含羞」です。食エッセイの書き手は揃って、「自分は決して食通ではない」と否定し、少し恥ずかしそうに、旨いものを追求していくのでした。

そんな食エッセイの世界に革命をもたらしたのは、一九六五年（昭和四十）に刊行された伊丹十三『ヨーロッパ退屈日記』です。この作品が日本の「随筆」を「エッセイ」に変えた、と言われたことはすでに何度もご紹介しましたが、食に対しても、著者は新たな視点を導入したのです。

一九三三年（昭和八）に生まれた伊丹十三も、子供の頃とはいえ、戦争を知っています。しかし彼は、まるで戦争などなかったかのように、欧州滞在記を書きました。謙遜からも含羞からも離れ、伊丹は自由に食の蘊蓄《うんちく》を披露したのです。

中でも本書が当時の日本人に衝撃を与えたのは、スパゲッティについての記述だったようです。

スパゲッティについては、「スパゲッティの正しい調理法」、および「スパゲッティの正しい食べ方」との二つの章が本書にはありますが、「正しい食べ方」では、フォークで上手に巻き取る方法、および「ごくひそかに吸い込む音すら、絶対に許されないのだ」ということが強調されている。

蕎麦《そば》感覚でスパゲッティをすする人が多かった時代、この記述は強い衝撃を読者に与えたものと思われますが、のみならず「正しい調理法」においては、「アル・デンテ」が紹介されているのでした。「茹で過ぎてフワフワしてる」のはもはや、スパゲッティに非ず。「信州そばよりやや堅いくらい」に茹で、「スパゲッティ一本を前歯で噛んで、スカッと歯ざわりのある感じ」に茹でなくてはならない、と。

喫茶店のナポリタンなどで、柔らかいスパゲッティに親しんでいた当時の日本人で、アル・デンテとやらを知っていた人は少なかったことでしょう。一九七二年（昭和四十七）に刊行された塩野七生のエッセイ『イタリアからの手紙』には、スパゲッティの「正しい料理法の第一」は「硬ゆで」なのだ、とあります。日本人に「アル・デンテ」などと言っても仕方あるまい、との配慮により「硬ゆで」との表現になったのだと思いますが、しかしその七年前に伊丹十三は、「アル・デンテ」を説いていました。

伊丹は、初めてアル・デンテのスパゲッティを食べた時の衝撃などは書かず、アル・デンテのスパゲッティしか食べたことがないかのように、筆を進めます。戦時中の飢えをスパイスとせず、また食通ぶりへの含羞を見せることもない食エッセイがここに登場したのであり、それは一つのジャンルの開拓でもありました。

『ヨーロッパ退屈日記』の約十年後、女性が書く食エッセイの世界で新しいジャンルを拓いたのが、一九七六年（昭和五十一）に刊行された桐島洋子の『聡明な女は料理がうまい』です。著者は、シングルで子育てをしながら働く女性であり、かつ大の料理好き。「すぐれた女性は必ずすぐれた料理人である」として、料理をしなくなってきている女性達を叱咤し、料理に対する心構えやレシピを紹介する内容となっています。

ウーマン・リブの隆盛は一九七〇年代初頭でしたが、「女がより有能により自由になるのがウーマン・リブの目的なのにいまや女たちの料理力はどんどん退化して無能な男のレベルに近づき、おいしいものをみずからの腕でほしいままにする自由を喪失している」とも。

この本は、ベストセラーになりました。そこで到来したのは、「聡明な女による料理エッセイブーム」です。

一九七〇年代の末には、向田邦子がエッセイの世界に参入し、食に関しても優れたエッセイを著します。一九八〇年代になると、沢村貞子『私の台所』、高峰秀子『台所のオーケストラ』といった女優による料理エッセイがヒット。両者は、ともに日本エッセイスト・クラブ賞を受賞しています。また向田没後に編集されたムック『向田邦子の手料理』は、今も重版が続くベストセラーに。

料理のプロの女性による料理本は、従来から存在していました。が、他に本職を持つ女性が、実は料理上手でもあるところをアピールする本が、当時の女性達には新鮮に響きます。料理上手な〝聡明な女〟達は、器や盛り付けなどのセンスも良い上に美人だったのであり、当時の働く女性の理想像が、それらの本には示されていたのです。

しかしそこには、弊害もありました。『聡明な女は料理がうまい』には、

「女がおとなしく料理などしてしまうから男がつけあがる。男女の平等は、女がこれまで不当に押しつけられていた家事を放棄することから始めるべきだ」

という意見がある、との記述があります。これに対する著者の反駁はやや弱く、

「半人前の育ち方をした男のほうもかわいそうなのだから、今のところはガタガタ言わず、ついでにめんどうみてやろうというのが、かい性ある女の気持ちではないかと思う」

というもの。

実は著者も仕事と家庭の両立にへとへとなのだけれど、

「断固強がって、人の二倍も三倍もがんばるぐらいの心意気がなければ、とても社会を変えていくことはできないだろう」

と書くのでした。家事のアウトソーシングはまだ一般的でなく、女性が仕事と家事を両立するには、人の何倍も頑張ることとしか解決策がなかった当時。桐島は、家に人を呼んで手料理でもてなすこともおおいに推奨していますので、真剣にこのライフスタイルを真似たなら、普通の女性は疲弊したに違いない。

一方、沢村貞子や高峰秀子は、料理などしなさそうな女優という仕事の第一線で活躍しながら、家庭では夫のために身を粉にして家事をする様をエッセイに記しました。たとえば沢村は、

「女のくせに家事をしないようなひきずりにだけはならないでおくれ」

が口癖の母に育てられたせいで、たまにのんびりしてみても落ち着かず、結局はせっせと家事をしてしまうのが習い性。家人はそんな妻を見て、「それごらん、という顔をして笑っていた」のだそう(『私の台所』)。幸田文と同世代の人であるからこそ、沢村はどんなに疲れていても家事を放棄しませんし、夫と分担するなどという頭も、全く持っていません。

仕事も一流、料理も一流。家族持ちの場合は、家族にも尽くす。……という「聡明な女」達の料理エッセイのヒットは、かくして「人の二倍も三倍もがんばる」働く女性像をよしとする空気を生みました。その時代は料理レシピ本の世界においても、料理研究家達が、働く

女性のための時短料理を提唱。小林カツ代『働く女性の急げや急げ料理集　時間がないからこそおいしいものを作る』といった本のタイトルが、その雰囲気をよく表していましょう。

聡明な女達が、男性に対して「ついでにめんどうみてやろう」とクソ意地を出して料理を作り続けた結果として、女達は延々とクソ意地を発揮し続けなくてはならなくなりました。檀一雄にしても伊丹十三にしても、男達がエッセイに書いた料理の作り方は、家庭を回していくための料理というよりも、趣味の料理として読者に受け止められたのであり、男女の家事負担の偏りが指摘されるようになったのは、ようやく最近になってからなのでした。

女性の世界において食エッセイが、時に生き方の是非とも結びつくキナ臭い空気を醸し出していた一方で、男性達の食エッセイは、平和でした。趣味の延長線上にあるそれは、誰もが楽しむことができる話題。戦争を知らない人が増えるにつれ、スパイスとしての戦争記憶も、次第に機能しないようになってきたのです。

そんな時代の、男の食エッセイの代表的書き手となったのは、東海林さだおです。「週刊朝日」の連載「あれも食いたいこれも食いたい」がスタートしたのは、一九八七年（昭和六十二）のこと。以来現在に至るまで、東海林は食について毎週、書き続けています。

その単行本「丸かじり」シリーズは、現時点で四十三作目。十作目の『ブタの丸かじり』は、一九九五年（平成七）にエッセイ賞を受賞しています。

東海林さだおの食エッセイは、蘊蓄とは無縁です。知っていても、知ってる感は見せない。国際感も高級感も決して出さず、あくまで日本の純正おじさんの立場で書いているその姿勢は、伊丹十三とは正反対なのでした。

実際、「丸かじり」シリーズでスパゲッティについて書かれた回を見れば、その姿勢は鮮明に見えてきます。たとえば『キャベツの丸かじり』(一九八九)の「宝の山のスパゲティ」では、麺をすする音問題について論じられているのですが、東海林はズルズルとスパゲティをすするおじさんを断罪しませんし、外では躊躇するが家で思い切りすすると非常に美味しく感じられる、と書きます。

『焼き鳥の丸かじり』(二〇一七)の「難物スパゲティ」では、伊丹『ヨーロッパ退屈日記』の「スパゲッティの正しい食べ方」に触れてもいます。伊丹はフォークに巻くことだけを説いているが、実はそこには重大な書き漏らしがある。本当の問題は、巻き終わったフォークを口に運ぶまでにあるのだ、との鋭い指摘に首肯した人は多かったことでしょう。

『バナナの丸かじり』(二〇一八)には、その名も「わが敵アルデンテ」との章が。学生時代の東海林は、町の洋食屋などで、フォークに巻きつけることはせず、「ノンアルデンテ」のスパゲッティを食べていた。バブルの時代、「イタリアン」に出会ってアルデンテの洗礼を浴びたおじさん達は、口には出さなかったが「どう考えても生《ナマ》」と思っていたのにずっと言い出せなかった、と。

伊丹十三による布教が早すぎたのか、日本になかなか浸透しなかったアルデンテは、バブルの時代、イタリア料理ブームの到来によって、ようやく広まりました。「パスタはアルデンテ」は常識となり、二〇一四年(平成二十六)には、その名も『生まれた時からアルデンテ』(平野紗季子)という食についてのエッセイが、「平成生まれのごはん狂」とのキャッチフレーズとともに登場した、当時二十三歳の若きおしゃれ系フードエッセイストによって著されたではありませんか。

子供の頃から、リストランテ・ヒロなどに通っていたという著者は、バブル末期の生まれ。

「私は生まれた時からアルデンテなので、茹でた麵をザルに放置してぶよぶよにすると言う手間でもってパスタを殺す所業の理解ができないから、芯のないことが誇りかのように開き直る喫茶店のナポリタンが嫌いだし、それを愛している人たちの団結力やアルデンテに対する反骨心とも出来る限り距離をとって生きていきたいと思っている」

ということで、伊丹十三の魂を背負った新世代の食の書き手が登場したことを印象づけたのです。

しかしその頃、平成生まれの怒りをよそに、既にアルデンテのパスタとよく茹でたナポリタンは、同じ食べ物としては扱われなくなっていました。東海林の「わが敵アルデンテ」では、サラリーマンが愛好する、〝ノンアルデンテ〟の〝リーマンパスタ〟の店について記されています。ラーメンは中国料理ではなくもはや和食であるように、リーマンパスタ店は和食店であって、決してイタリアンの店ではありません。両者は、同じ土俵には立っていないのです。

そうこうしているうちに、アルデンテ問題を吹き飛ばすような食エッセイが刊行されました。それは当代の国際派の人気者・ヤマザキマリによる『パスタぎらい』（二〇一九）。

イタリア在住三十五年、さぞやパスタにはこだわりが……と思いきや、もうパスタには飽き飽きした、と書くヤマザキ。唯一食べたくなるのは、タラコや納豆を使用した和風パスタやナポリタンなのだ、と告白します。「茹で過ぎてぶちぶち切れてしまう、お弁当の付け合わせに入っているようなケチャップベトベトの冷めたスパゲッティ」に心惹かれるのは、ヤマザキが昭和の人ということもあるでしょうが、同時にそれらが和食だからでもある。

ケチャップで和えたナポリタンを日本人がズルズル食べていた時代、伊丹十三はそのダサさを憎んでいました。伊丹は戦争のことを書かなかったけれど、実は人一倍敗戦を意識していたからこそ、よく茹でたスパゲッティをズルズル食べるダサさを憎んだのではないか。

その憎しみは、時を超えて平成生まれの平野に移植されました。平野が持つナポリタンへの憎しみの中に、もはや日本人が忘れてしまったかのように見える敗戦への痛みを、私は見るのです。

食のダサさについては、『舌鼓ところどころ』でも吉田健一が指摘しています。食料不足が解消したというのに、「闇市風の投げやりな料理の扱い方」が、特に東京の料理屋には残っている。また家庭に入ってくる食べ物も、戦前の良さが失われてアメリカ風の薄っぺらい味になっている、と。

食のダサさをどう扱うかは、食エッセイの世界における一大問題です。ダサさを憎むのか、それとも「ダサさも美味しさ」として捉えるか。それは単に味覚の問題ではなく、ダササの中にある日本という国のあり方の、咀嚼の仕方に関わる問題なのでしょう。

テレビとエッセイ

エッセイが受賞する賞で主だったものといえば、一九五二年から始まった老舗《しにせ》の日本エッセイスト・クラブ賞、読売文学賞の中に一九六七年に開設された随筆・紀行賞、そして一九八五年に始まり二〇一八年に終了した講談社エッセイ賞（以下、エッセイ賞）があります。三賞のうち二つを受賞されている方は何人もいますが、一人だけ三冠を達成しているのが、関容子です。二〇〇〇年に読売文学賞を受賞した『芸づくし忠臣蔵』は、同年に芸術選奨文部大臣賞も受賞しているので、四冠とも言えましょう。

関容子は、主に歌舞伎について書くエッセイストです。一九九六年のエッセイ賞受賞作は、歌舞伎の脇役にスポットライトを当てた『花の脇役』でした。

血統を重んじる身分制度がある歌舞伎界において、名門の御曹司ではない脇役達が抱く名門一家の主人への忠誠心は、まるで忠臣蔵などの時代物で家来達が抱く、主家への忠誠心と

重なるかのよう。選評でも、

「エッセイの手本になるような出来栄え」（井上ひさし）

「幼い頃から歌舞伎に親しみ、長じて後は大名題《おおなだい》の楽屋と家庭に出入りし、人をそらさぬ聞き上手でしかも文章が巧み」（丸谷才一）

と、絶賛されています。

エッセイ賞を受賞した古典芸能関連のエッセイとしては、歌舞伎において三階席から役者に声をかける大向うについて書いた『大向うの人々』（山川静夫）があります。また、同賞を二〇〇八年に受賞した立川談春の『赤めだか』は、落語家自身が書いたエッセイ。古典芸能関係のエッセイの中でも、落語エッセイが歌舞伎エッセイと並んで質量共に充実しているのは、その二つが日本の芸能の中でも特に人気がある分野だからなのでしょう。

一般の人がよく知らない狭い世界や特殊な世界について詳細に書き、読者に「へーえ！」と思わせるエッセイは、読者の共感や共記憶を刺激する「あるある」系のエッセイの対極にある、とは以前も書きました。歌舞伎等の芸能について書いたエッセイはたいてい、前者のタイプ。読者はエッセイを読むことによって、未知なる古典芸能の世界の内側や奥底を覗き見たような気持ちになるのです。

歌舞伎や落語の存在は誰もが知っていても、実際によく観に行くという人は、さほど多くはありません。歌舞伎の台詞《せりふ》は、既に現代人には理解不能ですし、落語にしてもわからない単語は多々、登場します。

それらが難解なものになったからこそ、古典芸能の鑑賞は今、高尚な趣味と化しました。前出『芸づくし忠臣蔵』は、そんな中で「忠臣蔵とは何か」だけでなく、読むほどに「歌舞伎とは何か」についても理解が進む仕組み。かといって、それが難解でも学術的でもない筆致で記されているのは、歌舞伎以外にも多くの娯楽が登場して古典芸能が劣勢となった時代に、歌舞伎への理解を促したいとの意図も、出版当時にあったからではないか。

歌舞伎や落語の「通」達は、江戸期から多くの劇評や芸評を書いています。それらの情報は、歌舞伎や落語が庶民にとって重要な娯楽だった時代、切実に必要とされていたものと思われます。

しかしその後、時が進むとともに高みへと押し上げられた古典芸能に対して、多くの人々は距離を取るようになります。戦後は、歌舞伎も落語も人気が低迷。一部の「通」の人達のためのものになった古典芸能の立ち位置を地に下ろすための作業が必要と感じた人々が、それらについての「エッセイ」を書くようになったのではないか。

白洲正子が幼い頃から習い、エッセイの題材にもした能は、主に武士階級に支持されて発展した芸能です。が、古くから続いてはいるけれど庶民の芸能だった歌舞伎までもが高尚で難解なイメージとなった一因は、テレビの爆発的な人気ではないかと私は思います。誰もがすぐに飲み込んで消化することができるテレビが普及した時、歌舞伎や落語の「わかりにくい」「ややこしい」「古臭い」という印象は、急激に強まったのではないか。

テレビは一九五三年に日本で本放送が始まり、一九五九年の皇太子と美智子妃の結婚パレード中継をきっかけに普及したとされています。チケットを買って劇場等に出かけなくとも、家にいるだけで視覚的・聴覚的刺激を享受することが可能になり、人々はテレビに夢中になるのでした。

新しいメディアが登場すると、人々は必ずその強い刺激に心奪われ、一方ではその様子を批判する人が必ず登場します。ラジオのブームも当初は批判されていましたし、インターネットにしても同様。

中でもテレビブームの只中で大宅壮一が放った「一億総白痴化」は、歴史に残る名言となりました。視聴者の興味を惹くためには、テレビ番組の刺激はどんどん強めなくてはならず、

「刺激が過剰になり、刺激の度をますます強くしていかなくてはいけない状態が続けば、その刺激のない平常の時間に、人はボンヤリとしてしまう。それは痴呆化するということである」（「〝一億総白痴化〟命名始末記」）

と、大宅は書いています。

この言葉のインパクトは強力で、テレビと「白痴化」は、強く結びつきました。テレビ＝低俗で軽薄で底が浅い、というイメージが醸成された時に、旧来の古典芸能群は、相対的に

高尚で重厚で難解なイメージを与えられたのではないか。

そんなテレビは、批判する対象ではあっても、評する対象としては捉えられていなかったようです。前述の通り、歌舞伎や落語について書く人々は昔から存在し、名手と言われる書き手も、時代毎に存在しました。

対してテレビは、もちろん大宅壮一のような人もいれば、放送評論家という人もいれど、古典芸能のような批評をする対象になりにくい部分を持っていました。歌舞伎や落語であれば、同じ演目が繰り返し舞台にかかるため、忠臣蔵についてはほぼ全ての日本人が知っている前提で、話を進めることができます。演者についても、限られた人に目配りしていればよかったのです。

対してテレビでは、日々違う顔ぶれで、違う番組が放送されました。型もないので正解もなく、アーカイブが利かず、批評をするにも、読者がその番組を見ていないことを前提としなくてはなりません。

そのせいか放送開始以来、テレビ評論というジャンルにはスターが不在でした。テレビ評は、なかなか文芸化しなかったのです。

しかし一九八〇年頃から、テレビ評はなぜか突然、花開きます。一九七九年には、「週刊新潮」において森茉莉が、テレビに関するエッセイ「ドッキリチャンネル」の連載をスタート。五年あまり、連載は続きました。

連載開始時、森茉莉は七十六歳。八十二歳の時に心臓発作を起こした後、連載は終了していますが、森茉莉は、連載開始当初から高齢だったとはいえ、高齢者の好みそうな番組はほとんど取り上げていません。タモリの顔はなぜ気持ち悪いのかから田中邦衛のもみあげ評、大平正芳首相（当時）の田舎《いなか》っぽい顔についてまで、忖度ゼロで好き嫌いの直感を、披露したのです。今だったらルッキズムなどと言われかねませんが、テレビは良い・悪いで評するものではなく、好き・嫌いで分けるべき対象なのだ、という意識が、そこに見えるかのよう。そんな森茉莉の感覚は、八〇年代に充満していく軽みを、的確に捉えていました。

森茉莉の印象的なテレビエッセイの効果があったのか、八〇年代からは急激に、週刊誌でのテレビに関するエッセイ、コラムが目立ってきます。「週刊文春」においても、メディア評といえばそれまでは書評および映画評だけだったのが、八〇年代からはテレビについてのエッセイ・コラムの連載が登場。バブルの時代になると、単なる番組評だけでなく、視聴率にスポットを当てたコラム、テレビCMに関するコラムなど、テレビの世界が細分化され、テレビについてだけでも何本ものコラムが並び立つようになるのです。

八〇年代は、人々が開き直ってテレビを受容するようになった時代です。日本人の白痴化は既に完了し、テレビ側も視聴者も、大手を振って軽薄さを楽しむようになりました。

八〇年代はコラムブームの時代だったと以前も書きましたが、テレビとコラムの相性は、非常に良かったようです。週刊誌にテレビ関連コラムが激増したのも、そのせいでしょう。

番組評論などという硬いものではなく、クスリと笑うことができて後に残らないテレビコラムが、各誌で見られました。

八〇年代は、テレビ雑誌の創刊ブームの時代でもあります。テレビ雑誌というと、一九六二年に創刊された「週刊TVガイド」の寡占状態が長らく続きましたが、一九八二年に、若者向けテレビ雑誌「週刊ザテレビジョン」が創刊されると、他誌も追随。「ザテレビジョン」であれば芸能人によるコラム、「TV Bros.」（二〇二〇年定期刊行終了）であればサブカル系コラム等、テレビ雑誌はコラムのゆりかごとしての役割も果たしたのです。

このようにテレビとコラムとが密接な関係を築いた時代、その申し子のようにして登場したコラムニストが、ナンシー関です。二〇〇二年に三十九歳で他界した天才がデビューしたのは一九八四年、二十二歳の時のことでした。

消しゴム版画＋文章というスタイルでナンシー関が雑誌業界に登場すると、ほどなくして複数の連載を持つように。中でもテレビ関係の連載は消しゴム版画効果ともあいまって人気を博し、一九九三年からは、「週刊朝日」で「小耳にはさもう」、「週刊文春」で「テレビ消灯時間」の連載がスタートします。

週刊誌二誌で、テレビについての連載を続けるのは、容易なことではありません。のみならず他にも何本もの連載を抱えた彼女は、稀代の売れっ子コラムニストのままで、一生を突っ走ったのです。

向田邦子は、山本夏彦をして「突然あらわれてほとんど名人」と言わしめましたが、ナンシー関もまた、バブル期の日本に突然あらわれて、テレビの世界を名人技で腑分けしていった人。突然世を去ったのもまた、向田邦子と同様です。

そしてもう一つ、向田邦子とナンシー関の共通点は、「あるある」の人という点だと私は思っています。二人は自身の見方を提示することによって、読者に「私もそう思っていた」との思いを抱かせる天才だったのです。

たとえばヤワラちゃんこと、田村（谷）亮子。柔道選手として現役時代のヤワラちゃんがテレビ出演した時のことをナンシー関が書いたコラムには、

「どうも田村亮子の『語り』に私は違和感を覚えてしまう」

とあります。

おそらく当時の日本人の九割がたが、田村亮子への違和感を抱いていたと思われますが、ナンシーさんはその違和感の内訳を、短いコラムの中で見事に提示してみせました。すなわち、田村は自分の「すごさ」を客観的に把握しており、それは悪いことではないものの、彼女の場合は、「『自分で把握すべき自分のすごさ』よりも先に『世の中から思われているヤワラちゃんのすごさ』を見てしまっている」のだ、と。

自分のことを自分で「十連覇の偉業を達成」と言ってしまう田村亮子を、「謙遜しない人」とか「言葉を知らない人」と見るのではなく、そこから一種の〝視野の広さ〟を見てと

ったのが、ナンシー関。この瞬間に、田村亮子に対する違和感の正体は光にさらされ、読者の中に溜まっていた気持ち悪さは、一掃されたのです。

ナンシー関のコラムを読む度に読者は「そうそう」と、自分も彼女と同じことを考えていた、と思ったものです。しかしそこにナンシーなかりせば、読者はテレビを見ながら何となく抱いた違和感や怒りやイラつきの中身を、自分の力で知ることは決してできなかったはず。ナンシー関は、読む人の中から、自分の知らない自分の感情をひきずりだしてくれる産婆のような役割を果したのです。

芸を評することに長けたもう一人の関さん、すなわち関容子にここで登場していただくと、容子の手法は、ナンシーとは対照的です。ナンシーは、田村亮子はもちろん、明石家さんまであれ松田聖子であれ、自分が書く人達と直接の知り合いではなく、テレビを通してその言動を見ているだけ。

対して容子は、豊富な観劇経験と卓越したインタビュー技術をもって、役者や裏方など、歌舞伎の作り手達と親交を結んでいるのであり、だからこそ一般の人では知り得ない歌舞伎の世界の裏側を書くことができました。さらには、それを単なる見聞記やインタビューに終わらせない技量をもって、玄人《くろうと》にも素人《しろうと》にも読み応えのあるエッセイに仕上げたのです。

全く会ったことがない人を評するというナンシーの手法も、親しい相手について書く容子の手法も、どちらも覚悟の必要なやり方です。事実を書くという前提があるからこそ、エッセイやコラムは、書く対象との関係性を微妙にしがち。しかし二人の関さんは、危険な手法を危なげなく使いこなして、読者に快感をもたらし続けました。

特にテレビの世界を書くナンシー関の手法は、その後のテレビコラムのあり方を決定づけました。ナンシー関没後、二十年ほどが経ちますが、その後にテレビコラムを書く人は、「全く新しいテレビコラム」を書くことが、不可能になっています。書き手の頭のどこかには常にナンシー関の残像が存在し、また読み手の側も常に、「ナンシー関だったら」と、残像と比較してしまうのですから。

テレビコラムが週刊誌上で一気に増え、テレビ雑誌が続々と創刊し、ナンシー関がデビューし、フジテレビが「楽しくなければテレビじゃない」とのキャッチフレーズを打ち出した八〇年代、それは日本の軽薄化が極まった時代でもありました。その時代、「コラムニスト」とは、「軽めの雑文を書く人」的な意味合いで使用されていた言葉でもあったけれど、自身の影を消してテレビの中の世界を書いたナンシー関は、真の意味でのコラムニストだったのでした。

西遊記における夏目雅子のイメージと同等もしくはそれ以上に、テレビコラムにおけるナンシー関の残像は、遺された人に強く焼き付けられています。となると、全く新しいテレビコラムは、ナンシー関を知らない若い世代からしか生まれないのではないかと思われるのですが、しかし今、テレビはすでにオールドメディア。若者はネットばかり見て、もうテレビは見ないとされています。

若者がこれからテレビコラムというジャンルに新規参入してくる可能性は、低いのでしょう。テレビというジャンル自体が、今やかつての歌舞伎や落語のように、危機に瀕しているのです。

「芸」について書くという文芸ジャンルは、その芸の間口が狭いほど、成立し易いようです。観客の誰もが忠臣蔵をあらかじめ知っていて、主役の父親の芸も、何ならお祖父《じい》さんの芸も知っているという閉じた世界の中だからこそ、書き手は歌舞伎の内側の世界をじっくりと深く、探ることができる。

そんな古典芸能の世界に対して、テレビという新しいメディアは、常に新奇な芸と人材を、貪欲に求め続けました。新陳代謝が激しすぎて、評論も芸談も拒否する急流がそこには流れていましたが、ナンシー関はあえてそんな世界へ飛び込み、時代を象徴する事象を提示してみせたのです。

彼女はその生涯で、何の賞も受けてはいません。テレビという対象が賞的ではなかったのかもしれませんが、しかし彼女が見て、書いて、(消しゴムに)彫ったテレビの世界は、実は日本という国そのものだったのであり、まさに記録ではなく記憶に残る書き手であったと言えましょう。

芸能人とエッセイ

芸能人のエッセイといえば、「売れる」という印象があるものです。日本で出版された本の中で歴代最も販売部数が多いのは、黒柳徹子の『窓ぎわのトットちゃん』。一九八一年(昭和五十六)、著者が四十七歳の時に刊行された自伝的エッセイであり、単行本と文庫を合わせると、約八百万部が売れたとされています。

黒柳徹子は、当時流行っていた「窓ぎわ族」という言葉から、この本のタイトルをつけたのだと、「あとがき」にはあります。「なんとなく疎外されている」「もはや第一線ではない」という雰囲気を湛えるこの言葉と、いつも教室の窓ぎわにいてチンドン屋さんを待っていた自分を重ね合わせたのだ、と。

著者が通ったトモエ学園では、トットちゃんをはじめとする様々な個性を持つ子供達を見捨てることのない、今で言う多様性を尊重する教育を行っていました。一年生で小学校を退学して転校してきたトットちゃんに対する、「君は、本当は、いい子なんだよ」という校長先生の言葉は、多くの読者の心も慰撫したのです。

当時、日本の教育現場は荒れていました。いわゆる「ツッパリ」が幅を利かせ、校内暴力や家庭内暴力が大きな問題となっていたのであり、ドラマ「3年B組金八先生」は、不安定な教育現場の実情を写して話題となります。

『窓ぎわのトットちゃん』は、ただ芸能人のエッセイだから爆発的にヒットしたわけではありません。内容の充実、さらにはそのような時代背景も関係していたことでしょう。「あとがき」は、

「一九八一年。——中学の卒業式に、先生に暴力をふるう子がいるといけない、ということで、警察官が学校に入る、というニュースのあった日」

という文章で締めくくられていますが、トモエ学園で自由に育つ子供達の物語は、管理教育への反発を強める時代の中で清らかに輝いたのです。

芸能人のエッセイというと、著者が自分で書いている本とそうでない本がありますが、『トットちゃん』は前者。芸能人の場合は、著者が「書きたいこと」と、一般人側がその人について「知りたいこと」との間に大きな乖離がある場合があり、「書きたい」という欲求が、一般人の「知りたい」という欲求よりも勝る人が、自ら筆をとるのだと思います。

黒柳徹子にしても、一般人が読みたいのは「『徹子の部屋』の裏側」といったテーマかも

しれません。が、本人が書きたかったのは、自身が子供の頃に受けた教育についてだったのであり、そのギャップが良い方に作用して『窓ぎわのトットちゃん』はベストセラーになりました。

『窓ぎわのトットちゃん』を最高峰として、一九七〇年代後半から八〇年代前半は、著者が自分で書いたか否かは別として、テレビに出てくる芸能人・有名人のエッセイが花盛りだった時代です。『トットちゃん』の前年に出た、山口百恵の自伝『蒼い時』。そして『トットちゃん』の翌年に出た、NHKアナウンサー鈴木健二の『気くばりのすすめ』といったところは、いずれもミリオンセラーに。『気くばりのすすめ』と同じ年には、俳優の穂積隆信が自身の家族について書いた『積木くずし』も大ヒットしましたが、こちらは不良化して荒れる娘との攻防を描いた、〝逆トット〟的エッセイでした。

この時代、芸能人のエッセイが特に目新しかったわけではありません。歌舞伎役者や落語家といった古典芸能の人々は古くから随筆を出していましたし、高峰秀子、森繁久弥といった俳優は一九五〇年代からエッセイを刊行し、名文家としても知られていました。また、日本の随筆をエッセイに変えたとされる男・伊丹十三もまた、当時の本職は俳優だったのです。

そんな中で、芸能人の本として初めて年間売上のベストテンに入った大ヒット作が、『あのねのね　今だから愛される本』（一九七四）でした。あのねのねは、フォークデュオにして、テレビやラジオのバラエティ番組でも活躍していた二人組。この事実は、時代とメディアの変化を表していましょう。

それまでは芸能人の本というと、舞台や映画で活躍する一部の知的な俳優が真面目に書いたエッセイや芸談が多かったのに対して、あのねのねの本は、バラエティ番組をそのまま活字にしたような、メディアミックス型の本でした。電波メディアの力が活字の世界に流入した結果、この本は一九七四年（昭和四十九）の年間ベストセラーランキングの六位に入る大ヒットとなったのです。

コミックソングを得意とするデュオということもあって、お笑いの要素が強いこの本。この頃は、様々な面で軽佻化が進む時代でもありました。本の世界では、カッパ・ブックス、ワニの本、ノン・ブックなど、大衆向けの読みやすい新書が登場して人気を得ていたのであり、あのねのねの本もまた、ワニの本から出ています。

ちなみに同年は、売り上げ二位の五島勉『ノストラダムスの大予言』（ノン・ブック）他、新書タイプのベストセラーがベストテンに多く並びます。『ノストラダムスの大予言』のようなオカルトもの、奈良林祥『HOW TO SEX 性についての方法』（ワニの本）などのセックスもの、塩月弥栄子『冠婚葬祭入門』（カッパ・ホームス）といった生活ものなど、六〇年代後半から七〇年代にかけては、「カッパ」「ワニ」「ノン」といったレーベルが、ベストセラーを連発。芸能人の本もそこで多く作られるようになり、従来の、「知性とウイットに富む俳優による自筆エッセイ」とは異なる、テレビの影響を強く受けた、軽いお笑い系エッセイという路線が発見されたのです。

たとえば、あのねのねの本の大ヒットの翌年には萩本欽一の『欽ドン　いってみようやってみよう』が、一九八〇年にはツービートによる『ツービートのわッ毒ガスだ』が、それぞれベストセラーに。「お笑い」という鉱脈が、出版の世界でも重視されるようになってきます。

一九七〇年代の末には、芸能人エッセイの世界にもう一本の柱を打ち立てることになる、印象的なエッセイが登場します。それは、矢沢永吉『成りあがり』(一九七八)。矢沢のそれまでの人生を振り返る、自伝的エッセイです。

芸能人にとって自伝的エッセイの出版は、一つの定番的行為です。が、『成りあがり』がセンセーショナルだったのは、まだ二十八歳(当時)と若い矢沢が、自らの過去の貧しさや苦労、そして向上心を隠していないところでした。

聞き書きをした糸井重里による巻末エッセイには、矢沢が、

「おれの屁は、きれいなピンク色だ、なんて本にするのは絶対いやだ。誰のだって屁は臭いよ」

と語ったと書かれています。従来の芸能人エッセイにおいては、「屁の臭さ」は隠されがちだったのであり、若きロックスターでありながら屁の臭さを隠さない矢沢の姿勢は、従来

の芸能人エッセイとは一線を画すものでした。

『成りあがり』は、「グレてるやつ」に読んでほしいということで書かれた本です。泥臭く夢を追い続けて成功を収めた著者の「成りあがれ！」とのメッセージは、ツッパリやツッパリフォロワー達の心を摑みました。

『成りあがり』の大成功が影響したのか、それからは若きスター達の自伝のヒットが続きます。翌一九七九年に出た松山千春『足寄《あしょろ》より』は、「激白23年」とのサブタイトルがつく、人気歌手の自伝。一九八〇年には、引退直前の山口百恵による前出の『蒼い時』（残間里江子プロデュース）が。また一九八三年には、松任谷由実『ルージュの伝言』（山川健一の聞き書き）が刊行されます。当代の人気者達が、それぞれエッセイの形態を以《もっ》て半生を振り返った本は、大ヒット。いずれも矢沢永吉のように、普通の芸能人であれば隠していたであろう部分をさらけ出しているのが、特徴です。

　七〇年代半ばから八〇年代前半は、このように芸能人エッセイの発展期だったのですが、自らの暗部、恥部をエッセイによって晒す「告白系」とでも言うべき芸能人エッセイの流れも、この時期に誕生しています。前出の『積木くずし』はその最初期のエッセイであり、不良化した娘の扱いに苦悩する様を赤裸々に書いたこの書は、ドラマや映画にもなり、一世を風靡しました。

　ドラマ「積木くずし」で主演を務めたのは、欽ちゃんの番組で活躍していた清純派アイドルグループ「わらべ」のメンバー、高部知子でした。しかし高部は、裸でタバコをくわえてベッドに寝ている「ニャンニャン写真」が流出するというスキャンダルに見舞われます。その後に出した『告白ハンパしちゃってごめん』（一九八四、ちなみにワニブックス）も、その年のベストテンに入る大ヒット作となり、〝積木くずし産業〟の様相を呈したのです。

お笑い系、若者自伝系、そして告白系という芸能人エッセイの太い流れが誕生した七〇年代半ばから八〇年代は、テレビがぐっとカジュアル化していった時代です。若者向け番組、軽く楽しむことができる番組が増加し、人気者の姿も変化するように。芸能人のエッセイもまた、その動きに合わせて多様化していきました。

そんな中でも、自分でエッセイを書きたいと思う芸能人は、いつの時代も存在しており、『トットちゃん』のような派手なヒットではないながらも、一定の評価を得てきました。日本エッセイスト・クラブ賞は、女性俳優の受賞者が多いと以前も書きましたが、歴代受賞者は、高峰秀子『わたしの渡世日記』（一九七六）、沢村貞子『私の浅草』（同）、吉行和子『どこまで演れば気がすむの』（一九八三）、渡辺美佐子『ひとり旅一人芝居』（一九八七）、岸惠子『ベラルーシの林檎』（一九九三）、岸田今日子『妄想の森』（一九九七）。お色気や美貌で売るというよりも、個性や知性の立った顔ぶれなのでした。

男性俳優も数名受賞し、芸能人受賞者といえば俳優が中心の日本エッセイスト・クラブ賞に対して講談社エッセイ賞の芸能系の受賞者はというと、一九九九年に、いとうせいこう

『ボタニカル・ライフ』と、阿川佐和子・檀ふみ『ああ言えばこう食う』が同時受賞。他にも立川談春『赤めだか』（二〇〇八）、そして小泉今日子『黄色いマンション　黒い猫』（二〇一六）といったバラエティ豊かな顔ぶれです。芸能人ではないもののテレビに登場する人としては、元NHKアナウンサーの山川静夫の『大向うの人々』（二〇〇九）が、そこに加わるのでした（ちなみにNHKアナウンサーによるエッセイには、磯村尚徳『ちょっとキザですが』（一九七五）、鈴木健二『気くばりのすすめ』という、歴史に残る大ヒット作がある）。

いずれにせよ芸能人が自分で書くエッセイは、芸能人としての人気や格は関係なく、純粋にその文章能力によって評価されることになります。その評価の仕組みが新鮮だからこそ、芸能人はエッセイを書くのかもしれません。

自筆エッセイの世界では、非芸能人と芸能人とが同じ土俵に立つわけですが、芸能人でないと成立しないのが、告白系エッセイでしょう。『積木くずし』ブームの後、バブルの時代になると、郷ひろみとの出会いから結婚後までの顚末を書いた、二谷友里恵『愛される理由』（一九九〇）が、その年のベストセラーランキング一位という大ヒットとなります。離婚後は郷ひろみが離婚告白本『ダディ』（一九九八）をこれまたヒットさせ、さらには二谷が『楯』（二〇〇一）で反論し……と、告白本、というか曝露本による言い分の応酬が成立するのは、書き手が芸能人だからこそ。

男女間のすったもんだは、告白系エッセイで最も多く取り上げられる話題です。他にも闘病もの、宗教もの、家庭内情ものなど、今まで芸能人の様々な告白やら告発やらが本になってきました。杉田かおる『すれっからし』（一九九九）、お笑いコンビ「麒麟」の田村裕による『ホームレス中学生』（二〇〇七）のように、自伝がそのまま告白ものになっているというケースもあります。『成りあがり』から連なる若者の自伝エッセイ群は、〝屁の臭さ〟を隠さないという部分で、告白系の意味合いをも持つようになったのです。

芸能人エッセイは、作者がどのような人であっても、多かれ少なかれ、「告白」の色合いを持っています。一般人は、作者が芸能人であるからこそ、作者のことを既に知っているのであり、一般人が勝手に抱いているイメージと、エッセイの内容から伝わる像との間には、必ずズレが生じるもの。自筆系の人が書くエッセイであっても、そこには「こういう人だったのか」という意外性が潜むのであり、それが芸能人エッセイの一つの魅力でもあります。

お笑い芸人が書くエッセイは、そんな中では意外性の少ないジャンルとして存在し続けていました。芸人エッセイのベストセラーといえば、ビートたけしの様々な著書や、松本人志の『遺書』（一九九四）、『松本』（一九九五）等が知られています。いずれも、カリスマ性の高い人気者が、歯に衣着せずに大胆な思いを笑いを交えて書いた本であり、テレビで受ける印象とそう違いはなかったのです。

しかし松本人志『遺書』からも既に四半世紀以上が経った今、芸人エッセイの存在感は、大きく変化しています。今、売れている芸人エッセイの書き手といえば、オードリーの若林正恭、ハライチの岩井勇気、阿佐ヶ谷姉妹といった顔ぶれ。いずれもテレビの売れっ子ではありますが、若林・岩井は、コンビの中では地味な側。阿佐ヶ谷姉妹も、決して派手でもカリスマティックでもありません。

どのような職につく人の中にも一定の割合で、「いきなりエッセイが書ける人」は存在しますので、芸能人が書いたエッセイが上手であっても、さほど意外ではありません。しかし彼等のエッセイは、ビートたけしや松本人志など、上の世代の芸人エッセイと比べると、「どや」感や破天荒感は皆無。また、実は子供時代にこんなに辛い体験をしたことがあるといった告白もなく、あくまで恬淡《てんたん》としています。大きな不幸や怒りを機動力にすることなく、日常のあれこれについて書きつつ笑いや共感を得る彼等は、上の世代のカリスマ達とは異なる文章芸を身につけているのです。

今時の芸人エッセイは、「この人、実はこんなにネガティブなのか」とか、「こんなに地味なのか」といった意外性によって、作者に対する親近感を読者にもたらしていますが、芸人エッセイにこのような新しい流れを作ったのは、又吉直樹ということになりましょう。二〇一五年に芥川賞を受賞した『火花』(二〇一五)で、小説家として一気にブレイクした又吉直樹は、そのエッセイもまた文芸の香り高い恬淡系。彼の『火花』が芸人の心理の機微を描いた作品だったことから、「芸人の心の中身」というものの価値が、文章の世界で発見されたのではなかったか。又吉直樹は、お笑い芸人の才能を文芸の方面へと振り向ける道をも、拓いたように思います。

ＳＮＳの発達により、芸能人はわざわざエッセイにせずとも、自分の心情や、秘密の話を自分なりのスタイルで発表することができるようになりました。しかし、特に若手の芸能人を中心として、あえてエッセイを書いて本を出すというアナログな手法が再注目されているようにも思います。人を楽しませたり笑わせたりという過酷な仕事をこなし、人間としての表面だけを見られがちな芸能人にとって、エッセイを書いて存分に心の内側を見せることは、生きる上でのバランスをとることにつながっている気がしてなりません。

高齢者とエッセイ

高齢著者による、高齢読者のための、高齢者エッセイが人気です。二〇一六年（平成二十八）に刊行された佐藤愛子『九十歳。何がめでたい』は、この年に刊行された本の中で最も売れたトップセラー本となりました。

この本以外にも、瀬戸内寂聴（二〇二一年没）、曽野綾子、森村誠一、樋口恵子、下重暁子等々、昭和から令和まで活躍し続けている高齢著者による高齢者エッセイは、花盛り。また、ベストセラーとなっている石井哲代『102歳、一人暮らし。哲代おばあちゃんの心も体もさびない生き方』など市井の元気な高齢者の本も数々出版されているのであり、今は高齢者エッセイブームの時代と言っていいのでしょう。読者は、「あの人気作家も、とうとう高齢者エッセイを書くようになったのか」とか、「百歳になっても一人暮らしが可能な人はどのような生活をしているのか」……と、それらの本を手に取るのではないか。

どのようなエッセイが流行するかは時代の空気と密接に関係していますが、高齢者エッセイブームの背景にあるのは、日本の高齢化、というより超高齢化現象です。超高齢者エッセイ界の巨頭といえば佐藤愛子、瀬戸内寂聴であり、両者はそれぞれ一九二三年（大正十二）、一九二二年（大正十一）の生まれ。「人生百年時代」という言葉を実証するかのような作家達の言葉を読むことによって、高齢者やその予備軍は、生きる活力と著者への共感、さらには希望を得ているのです。

高齢者エッセイは、日本人の平均寿命の延伸とともに盛んになってきたジャンルです。平均寿命が延びるほどに高齢者エッセイの書き手は増え、また需要も高まり続けているのです。

戦後すぐの一九四七年（昭和二十二）、日本人の平均寿命は、男性が五〇・〇六歳、女性が五三・九六歳でした。「人生五十年」の時代だったわけですが、栄養状態や乳児死亡率等が改善されることによって、平均寿命は急速に延びていきます。

順調に平均寿命を延ばしていく日本において、今で言う高齢者問題の存在を世に知らしめたのは、一九七二年（昭和四十七）に刊行された、有吉佐和子『恍惚の人』でした。認知症の舅《しゅうと》の介護を一人で背負う息子の妻の苦悩を描いたこの小説は、「耄碌《もうろく》したおじいちゃんの面倒を嫁が見るのは当然」という当時の人々の意識を揺さぶります。

ちなみに『恍惚の人』刊行当時の平均寿命は、男性七〇・五〇歳、女性七五・九四歳。

「人生七十年時代」に突入し、長生きは必ずしも素晴らしいことばかりではないのかもしれない、という認識が芽生え始めたのです。

『恍惚の人』刊行から六年後の一九七八年（昭和五十三）、日本女性の平均寿命は七八・三三歳になり、世界一位になりました。一九八四年（昭和五十九）には、日本女性の平均寿命は八十歳に到達し、「人生八十年」と言われるようになります。

高齢者エッセイが目立つようになってくるのは、この頃からです。たとえば俳人の中村汀女は、一九八六年（昭和六十一）、八十五歳の時に『この日ある愉しさ』を刊行。また、二〇一九年（平成三十一年）に一〇一歳で他界した評論家の吉沢久子は、『91歳。今日を悔いなく幸せに』『92歳。小さなしあわせを集めて生きる』というように一歳刻みでエッセイを書いて『101歳。ひとり暮らしの心得』まで到達した超高齢者エッセイのパイオニアですが、その吉沢が高齢もののエッセイを手がけるようになったのが、八〇年代半ば。当時吉沢は六十代後半であり、現代から考えると高齢者エッセイを書くには早すぎる年齢ですが、以来三十年にわたって、吉沢は高齢者エッセイを書き続けたのです。

ちなみに佐藤愛子も、「我が老後」と題したエッセイを、六十六歳の時に書いたのだそうで、以来三十年以上の高齢者エッセイ執筆歴を持ちます。昭和に活躍した作家達は、今の感覚で言うとまだ高齢者とは言えない年頃から高齢者エッセイを書き始めたため、その後延々と書き続けることになりました。しかし例えば現時点で六十七歳の林真理子が高齢者エッセイを書き始めるということは、なさそう。今となっては六十代は高齢者とは見なされないのであり、寿命の延伸とともに、高齢者エッセイを書き始める時期は後ろ倒しになっているのです。

一九八〇年代から目立つようになった高齢者エッセイというジャンルですが、一九九〇年代には、そこに大きな花火が打ち上がります。一九九四年（平成六）に永六輔『大往生』が、一九九八年（平成十）には赤瀬川原平『老人力』が、いずれも大ベストセラーに。二作は、高齢者やその予備軍が心の中でモヤモヤと抱いていた不安を受け止めたことによって、社会現象化したのです。

『大往生』がすくい上げたのは、人々が持つ死への不安でした。人間誰もが死ぬとわかっていても、克服することができない死への恐怖。その恐怖を放置するべきではないと、本書は呼びかけます。

九〇年代初頭には、延命治療の意義を問う『病院で死ぬということ』が、ヒットしました。著者である医師の山崎章郎は『大往生』にも登場していますが、両書のヒットをきっかけに、終末期医療やガン告知に対する日本人の考え方は、かなり変わっていったのではないか。

一方の『老人力』は、老いることに対する引け目や嫌悪を逆手に取った本。物忘れであろうと体力低下であろうと、加齢によるマイナス面を「老人力がついてきた」と表現することによって肯定的に捉えよう、という提案がなされます。多くの人々の心に響いた「老人力」という言葉は、次第に社会を一人歩きするようにもなりました。

九〇年代に『大往生』および『老人力』が大ヒットしたという現象は、高齢化の進行によって、多くの人々が老後や死に対する不安を溜め込んでいたことを示しています。長生きといっても、無闇に命が延ばされて本人は辛いだけ、というケースも多い。医療の発達によって死が先延ばしになるほどに、認知症（当時、この言葉はまだ使用されていないのだが）や経済面等での不安も増大。貧困や戦争といったわかりやすい「不幸」が消えて、ほとんどの人が長生きできる時代になると、今度は長生きのせいで、つかみどころのない「不安」が増大してきたのです。

とはいえ、刊行当時は永・赤瀬川両氏ともに六十歳そこそこということで、ご本人達はまだ、それほど強い「老人力」を持っていたわけではないでしょう。が、高齢者の入り口に立つ著者だったからこそ、まだ介護保険制度もなく、先が見えない不安を募らせる人々の心を摑むことができたのです。

一方で女性はというと、百歳の双子・きんさんぎんさんが人気者になったり、一九九六年（平成八）に九十八歳で亡くなった宇野千代が、その晩年に『私　何だか　死なないような気がするんですよ』を刊行するなど、一足先に人生百年時代に突入した感がありました。きんさん、ぎんさん、千代さんといったアラウンド百歳の女性達はやけにポジティブだったりもしたので、超高齢者界における女高男低感は、ますます強くなってきたようにも思われます。

そんな中、二〇〇〇年代になって超高齢者界に燦然《さんぜん》と登場した男性が、日野原重明でした。聖路加国際病院等で要職を長年務めた日野原が九十歳の時に刊行した『生きかた上手』が、ミリオンセラーとなったのです。

それまでも日野原は、医学系の書籍を多数出版していました。が、多くの人々はこのエッセイによって、「明治生まれの九十歳にしてなお現役として活躍を続ける医師がいるとは！」と驚くことになりました。

『生きかた上手』の大ヒットと同じ二〇〇二年（平成十四）に、石原慎太郎『老いてこそ人生』が、『生きかた上手』に迫る勢いのヒット作となったのは、興味深い現象です。石原は日野原よりも二十歳以上年下で、当時まだ七十歳。「年をとっても自分はこんなに元気」というアピールがあちこちにちりばめられた本書は、日野原本の清さに飽き足らないマッチョ派シニアに、高い評価を得たものと思われます。

本書によってマッチョ派老人が勢いづいたのか、二〇〇七年（平成十九）には、藤原智美『暴走老人！』が話題になりました。著者は当時まだ五十代前半ということで、これは高齢者によるエッセイではないのですが、お店やら街中やらで、キレる老人が増えている、との本書の指摘に、うなずく人は多かった。著者は、キレがちな老人を「新老人」と名付けているのでした。

ここで「新老人」に注目したいのですが、これは高齢者エッセイの世界でたまに目にする言葉です。たとえば『生きかた上手』と同年に日野原重明が刊行したのは、『「新老人」を生きる』。老人を負のイメージで捉えるのではなく、尊敬に値する老人を目指そうということで、「愛し愛されること」「創《はじ》めること」「耐えること」をモットーとして「新老人運動」というものを提唱した日野原は、「新老人の会」も作っています。

二〇一三年（平成二十五）になると、五木寛之が『新老人の思想』を著しています。エネルギーを保ちつつも、超高齢化社会への不安を抱くのが、新老人。老人とは一つの階級であり、他の階級とは利害が対立するのだから、他の階級に依存せず生きていきたい、といった気持ちが綴られています。

二〇一六年には、弘兼憲史『弘兼憲史流「新老人」のススメ』が刊行されました。島耕作にも漫画の中で順調に年をとらせ、また『黄昏流星群』では中高年の性愛を描くなど、加齢コンシャスな作品で知られる弘兼は、高齢者エッセイも何冊か書いているのでした。

『「新老人」のススメ』で弘兼は、前向きでかっこいい老人になろう、と老人を励まします。表紙には、七三分けのグレイヘアに口髭の男性が赤ワインのグラスを傾けるイラストが描かれていますので、新老人とはそのようなイメージなのでしょう。縁側でお茶をすすっている場合ではない。ワインを飲め、枯れた老人になるな、とのメッセージが感じられます。

日野原さんから弘兼さんまで、そのイメージする像はそれぞれであるにせよ、高齢者エッセイの世界では、「新老人」を提唱する著者は皆、男性です。そしてそこには、自分が老人であるという事実を否定したいという気持ちが強くある気がしてならない。

実際、現時点での高齢者世代においては、女性の方が老いることを自然に受け止めている印象があります。男性の場合、かつて持っていた地位や名誉を失い、どこの誰とも名乗ることができなくなると、がっくりきてしまうケースが多いもの。対して女性は、老人になって急に失うものは、ありません。美などというものは、すでに失い慣れている。日々の家事はずっと続けなくてはならないので、するべき仕事も、変わらないのです。

女性による高齢者エッセイは、弱音も愚痴も吐きつつ粛々と老いを受け入れ、限られた気力体力の中で楽しみを見つけて生きる姿が描かれがちであるのに対して、男性の高齢者エッセイは、「新老人」のみならず、「老活術」（渡辺淳一）など、新しい仕組みを提唱しがち。「訳あって老人をしているが、自分は本来、このような者ではない」という意識が、そのような仕組みの底に見えるような、見えないような……。

二〇一〇年代、昭和時代に流行作家として活躍した高齢作家達が次々と高齢者エッセイをものしていく中で、二〇一六年になると、「人生百年時代」という言葉が流行します。これは、ロンドンビジネススクールの教授らによる『ライフ・シフト　100年時代の人生戦略』との書のヒットにより、世に出た言葉。平均寿命が百歳に達したわけではないものの、百年生きる覚悟はしておいた方がいいのでは、という気持ちが広まりました。同年に刊行された、佐藤愛子『九十歳。何がめでたい』が翌年にかけて売れに売れたのも、「人生百年時代」との言葉の流行と無関係ではないでしょう。

年をとることに対する不安や恐怖が募ってきた時代でも、我々は誰かが卒寿を迎えたと聞けば、

「おめでとうございます！」

と寿《ことほ》ぐのだけれど、内心「このまま寿命が延び続けたらどうなるのか」「自分の老後はどうなるのだろう」などと、寿ぎながらも不安が募る。そんな状況下で、

「何がめでたい」

と九十代当事者の言葉を読むと、「ご本人もそう思うのか」と、スカッとするものがあります。「おめでとう」を言っている方も言われている方も、本当にめでたいのか否かがわかっていなかったことがわかったのですから。

二〇二一年、佐藤愛子の「最後のエッセイ集」として、『九十八歳。戦いやまず日は暮れず』が刊行されました。本書のようなアラウンド百歳の女性達によるエッセイの読者の多くは、著者よりも年下です。百歳まで仕事を続ける著者の姿に、読者は神々しさを感じると同時に、確実に老いていく著者の現実をも知ることになるのでした。

人生五十年時代には考えられなかったであろう、アラ百女性によるエッセイですが、この

先の高齢者エッセイ界は、どうなって行くのでしょうか。昭和時代の流行作家達によって加齢の感慨は書き尽くされ、次第にブームが終息する可能性も、なきにしもあらず。

しかし日本の高齢社会が続く限りは、高齢者エッセイブームは次の世代に引き継がれ、ブームというよりは安定した市場となるのではないかと私は思います。高齢者エッセイを読んでいると、どんな著者であっても、年をとるという初めての経験を新鮮に受け止めていることがわかります。それぞれの時代を文章によって表現した作家達が高齢になった時、人生最後の初体験の数々をどう捉えるのかを、読者達はいつの時代も知りたいのではないか。

超高齢者エッセイは、佐藤愛子や吉沢久子の著作のように、タイトルの最初に「〇〇歳」と著者の年齢が来るのが通例です。やはり九十代や百代という年齢は、読者にとってインパクトがあるのです。

ちなみにこの手のタイトルにおける最高年齢は、管見の限りでは『107歳　生きるならきれいに生きよう！』（嘉納愛子）。百十歳代の書き手が登場するのも時間の問題と思われるエッセイ界では、市井よりも一足先に、超々高齢化が進んでいるようなのでした。

終わりに

おこがましくも「日本エッセイ小史」というタイトルをつけたこの本ですが、読んでおわかりのように、体系的にエッセイの歴史を追ったわけではありません。

長年〝エッセイスト〟を名乗りながらもよくわかっていなかった、エッセイというジャンル。数々のベストセラーエッセイや流行りのエッセイの歴史をたどることによって、その輪郭を探ってみたこの本は、いわば〝エッセイについてのエッセイ〟なのです。

本書の中で見えてきたのは、エッセイ界の珍現象の数々でした。随筆ブーム、コラムブーム的な現象が、過去に何度か発生していたこと。『窓ぎわのトットちゃん』（黒柳徹子）、『大往生』（永六輔）、『老人力』（赤瀬川原平）のように、ひとたび大ベストセラーになると尋常でない数字を叩き出し、社会現象が巻き起こること。

そして時には、ズブの素人が書いたエッセイが、プロの書き手の作品よりもずっと面白いこと。随筆とエッセイの違いは、「なんとなく」のムードであること。……等々、エッセイの歴史は、謎の現象に満ちています。

それらは、門戸が広く開かれたジャンルだからこその現象なのでしょう。選ばれし者が書くのではなく、誰でも書くことができるからこそエッセイの世界には謎が渦巻くのであり、ネットによってさらに門戸が広くなった今、エッセイ界はますますカオスと化しているのでした。

エッセイは誰もが参入できるジャンルであるが故に、時代を色濃く映す鏡のような役割をも果たします。本書では、時代を超えて読まれ続けるような名エッセイというよりは、その時代に花と咲き、その後は実を結んだり結ばなかったりしたエッセイを中心に取り上げていますが、なぜあのエッセイが書かれ、そして売れたのかを考えることは、時代を考えることでもありました。

そんな作業を通じて感じたのはやはり、エッセイの限りない曖昧さです。その輪郭は、いくらでも変えることができる可動式。「これはエッセイです」と言えばエッセイになる、自己申告方式でもある。

だからこそこのジャンルは、小説や詩歌といった他ジャンルと比べて「軽い」と言われがちなのかもしれません。特に戦後、随筆がエッセイと化してからのエッセイの軽佻化は著しく、エッセイの軽みは、日本の軽みを表しているかのよう。

しかしその軽みこそが、エッセイのエッセイたる所以《ゆえん》でもあります。これからもエッセイは世の中を映し続けていくに違いなく、エッセイの軽さ重さは、日本という国の先行きを示す指標になるようにも思うのでした。

最後になりましたが、本書の刊行にあたっては、講談社の森山悦子さんにたいへんお世話になりました。最後までお読みくださった皆さまへと共に、御礼申し上げます。

二〇二三年　春　　酒井順子

た行

な行

は行

【本書に登場するエッセイ作品一覧】

ま行

や行

ら行

わ行

本書は小説現代二〇二〇年九月号〜二〇二二年三月号連載
「人はなぜエッセイを書くのか　日本エッセイ小史」を
改題して書き下ろしを加え、再構成しました。

日《に》本《ほん》エッセイ小《しょう》史《し》

人《ひと》はなぜエッセイを書《か》くのか

第一刷発行　二〇二三年四月二四日

酒井順子（さかい・じゅんこ）

1966年生まれ。東京都出身。高校生のときから雑誌でコラムの執筆を始める。立教大学卒業後、広告代理店勤務を経て執筆に専念。2003年に発表した『負け犬の遠吠え』がベストセラーとなり、婦人公論文芸賞、講談社エッセイ賞をダブル受賞。女性の生き方、古典、旅、文学など幅広く執筆。主な著書に『ユーミンの罪』『子の無い人生』『源氏姉妹』『百年の女　『婦人公論』が見た大正、昭和、平成』『家族終了』『ガラスの50代』『うまれることば、しぬことば』『女人京都』など多数。

著者　酒井《さかい》順《じゅん》子《こ》

発行者　鈴木章一

発行所　株式会社講談社
東京都文京区音羽二―一二―二一
〒一一二―八〇〇一
電話　〇三―五三九五―三五〇五［出版］
〇三―五三九五―五八一七［販売］
〇三―五三九五―三六一五［業務］

本文データ制作　講談社デジタル製作

印刷所　株式会社ＫＰＳプロダクツ

製本所　株式会社国宝社

KODANSHA

 ISBN978-4-06-531006-9　N.D.C.915 230p 19cm